AF139026

Für meine Mutter

Ursula Hess

Blaupause mit Paul

Zehn Geschichten
aus dem Universum von Alice.

Bibliografische Informationder Deutschen Nationalbibliothek:
Die Deutsche Nationalbibliothek verzeichnet diese Publikation
in der Deutschen Nationalbibliografie; detaillierte bibliografische
Daten sind im Internet über www.dnb.de abrufbar.

Herstellung und Verlag:
BoD – Books on Demand, Norderstedt

ISBN: 978-3-7392-0657-8

Inhaltsverzeichnis

Blau

Blau ist meine Lieblingsfarbe. Nicht, dass ich sie mir selber ausgesucht hätte, so war das nicht. Es hat sich eines Abends wie von selbst ergeben, und zwar während eines unserer abendlichen Showdowns im Badezimmer. Wir stritten uns wieder einmal darüber, wem welche Zahnbürste gehört, und ich ging den anderen auf die Nerven mit meinem Quengeln nach einem eigenen Waschlappen. Nur war nicht ganz klar, welcher denn jetzt meiner sei, was ein lautes Hin und Her zur Folge hatte. Eine verzwickte Situation, wie uns schien, doch an besagtem Abend griff unsere Mutter ein und schaffte die Angelegenheit ein für alle Mal aus der Welt. Sie betrat energisch die überschäumende Szenerie und stellte drei Becher auf die Ablage neben dem Waschtrog – einen roten, einen grünen und einen blauen.

«Für jeden einen», lautete der knappe Kommentar Wir schauten zuerst sie, dann uns fragend an. Mein Bruder reagierte zuerst, wählte treffsicher den grünen Becher und strahlte vor sich hin wie ein König. Meine Schwester griff nach dem roten, was wiederum mich zum Strahlen brachte, denn der leuchtend kornblumenblaue hatte es mir von Anfang an angetan. Unser System funktionierte ganz wunderbar. Ich war zukünftig also diejenige mit der blauen Zahnbürste, dem blauen Waschlappen, der blauen Federschachtel oder dem blauen Fahrrad. Blau, das beteuerte ich bei jeder Gelegenheit, gehörte seit jenem Abend einfach zu mir.

Das schrieb ich auch in jedes Freundschaftsbuch. Poesiealbum nannten wir es damals. Darin hatte man die vermeintlich wichtigsten Dinge über sich und seine liebsten Gewohnheiten zu notieren. An erster Stelle, gleich nach dem Namen, dem Spitznamen und dem Geburtsdatum, wurde die Frage nach der Lieblingsmusik gestellt, was ich abwechselnd mit «Beatles» oder «Stevie Wonder» beantwortete. Wobei Stevie meist den Vorrang hatte. Beim Lieblingsbuch schummelte ich. Das war nämlich «Der Rote Seidenschal», etwas fehl am Platz in meiner blauen Welt. Deshalb schrieb ich stets «Der Türkisvogel», das passte wunderbar. Dieses Buch brachte mir auch die Gewissheit, dass ich später einmal einen Indianer heiraten würde, genau so, wie es im Türkisvogel erzählt wurde. Und oh ja, das ist dann ganz anders gekommen, doch das ist eine andere Geschichte. Die Lieblingsreihe setzte sich fort und auf das Buch folgte die Lieblingsblume, das war bei mir der Rittersporn. Das Hobby durfte natürlich auch nicht fehlen. Ich war stets versucht, ‹Träumen› dort hinzuschreiben, doch meine Schwester war der Meinung, dass dies nicht mein Hobby, sondern mein Dauerzustand sei, weshalb ich mich dann für «Lesen» entschied. Zu guter Letzt war noch ein gehaltvoller Text gesucht, der einem für den Rest des Lebens an eben mich, oder jeden sonst, der in dieses Buch schrieb, erinnern sollte. Da standen dann allerlei Reime, wie zum Beispiel «Reden ist Silber, Schweigen ist Gold», oder «Rosen, Tulpen, Nelken, alle Blumen welken, nur die eine nicht, und sie heisst Vergissmeinnicht», oder so. Und irgendwo mittendrin zwingend die Frage nach der Lieblingsfarbe. Blau. Blau war mein Ding.

Selbst die Sammlung blauer Wörter gehörte jahrelang zu einer meiner bevorzugten Tätigkeiten. Das hätte ich glatt auch als Hobby vermerken können. Taubenblau, Blauwal oder Blaukraut, ich konnte mich nicht satt hören an diesen Begriffen. Ich benutzte sie auch, ganz egal, ob sie passten oder nicht. Oft war mir gänzlich unbekannt, was sie in Wirklichkeit bedeuteten, wie etwa «Blaupause». Das klang so rund und geheimnisvoll und ich stellte mir stets etwas vor, das nur Ausgewählten vorbehalten war, wozu ich mich natürlich auch zählte. Ärgerte ich mich über meine Geschwister oder über meine lästigen Schulaufgaben, verkroch ich mich und machte eine Blaupause. Mein Zufluchtsort war oben in unserem Estrich, wo ich mir aus einer dunkelblauen Wolldecke ein geheimes Nest gebaut hatte. Dort kuschelte ich mich ein, selbst wenn ich mich bloss vor dem Abtrocknen drücken wollte. Meine Blaupause, ein Begriff, der mir bis heute anhaftet, bin ich wieder einmal nicht erreichbar. Alice macht Blaupause, sagen sie dann alle, und ich bin fein raus. Damals benutzte ich auch konsequent blaue Tinte, feuerte stets die blau eingekleidete Mannschaft an und selbst meine Handarbeiten kamen allesamt in Blautönen daher. Ich war fraglos auch der Ansicht, dass «Blaumachen» speziell gut zu mir passe, insbesondere, als Kunstgeschichte in meinem Stundenplan auftauchte. Damals kam ich wiederholt in Versuchung, diesen Begriff etwas zu sehr zu strapazieren, denn die Ausführungen in diesem Fach erschienen mir langweilig und eintönig, was entweder am Lehrer oder an meinem damaligen Lebenswandel lag. Jedenfalls döste ich in diesen Lektionen regelmässig ein. Doch als Picasso zum Thema wurde und wir seine Blaue Periode besprachen, war mein Interesse geweckt. Ganze vier Jahre seines Lebens widmete er meinem Blau! Ich war begeistert, fühlte mich geehrt und meine Schlafphase fand damit ein Ende.

Das Farbsystem aus Kindertagen übernahm ich später auch in meinen Alltag. Farben für Termine, übersichtlich auf den ersten Blick und trotzdem ein bisschen wie im Kindergarten, das muss ich gestehen. Rote und gelbe, violette und grüne Punkte über den Monat verteilt, wobei die roten Punkte öfter vorkommen als die anderen. Am liebsten jedoch sind mir die blauen. Sie stehen für Termine, die mir am Herzen liegen. Und heute scheint so ein Glückstag zu sein, denn beim

Öffnen des Kalenders leuchtet mir ein blauer Punkt entgegen. «Steuererklärung abschicken» steht da, fett und in Grossbuchstaben. Irritiert lese ich die Worte ein zweites Mal. Weshalb nur habe ich diesen Eintrag mit meiner Lieblingsfarbe versehen? Nichts an dieser Aufgabe scheint mir erfreulich zu sein und das Ausfüllen besagter Formulare gehört definitiv nicht zu meinen Vorlieben. Dennoch, ich habe auf Blau gesetzt und die Steuern damit zu etwas Persönlichem erklärt.

Ich bin nicht begeistert und habe gar keine Lust, mich um diese unerfreuliche Aufgabe zu kümmern. Früher, in der Vor-iPhone-Zeit, würde ich jetzt in meiner zerfledderten Agenda blättern. Stichmännchen kritzeln, um mich abzulenken. Oder versuchen, hinter all den Sternchen und Kringeln die Worte zu entschlüsseln, die ich dort irgendwann einmal hineingeschrieben hätte. Ihr erinnert euch, Agenden sind diese kleinen Büchlein. Manche wunderschön in Leder gebunden. Andere bieten auch noch Platz für farbige Post-it Zettelchen oder Visitenkarten. Manchmal ist innen ein transparentes Fach ausgespart, worin dann eine Fotografie der lieben Kleinen, der treuherzig schauenden Katze oder des Sonnenuntergangs in Blutrot platziert wird. Vereinzelt auch einfach ein Bild von Brad Pitt. Ich habe mich immer wieder gewundert, wen oder was ich da alles zu Gesicht bekam, wenn am Schluss einer Sitzung die Agenden gezückt wurden. Das Traumauto war tatsächlich keine Ausnahme, da musste manche Ehefrau zurückstehen. Und all diese Büchlein waren stets mit Schnörkeln und farbigen Kommentaren versehen, ausnahmslos, da war ich kein Einzelfall. Nebst den wirren Kritzeleien hatte ich auch noch die Angewohnheit, meine Termine in Abkürzungen einzutragen. Ich malte mir jeweils aus, dass im Fall meines Verschwindens total coole Leute versuchen würden, diese Kürzel zu entschlüsseln. Ein bisschen wie in Fernsehkrimis, in denen die «Ditektivs», mit Betonung auf der zweiten Silbe, stets innert kürzester Zeit jeden noch so verworrenen Eintrag aufzuklären vermochten. Sie hatten meine ganze Bewunderung. Mir jedoch waren solche Erfolge nicht vergönnt, meine kryptischen Einträge erschienen mir schon nach kurzer Zeit rätselhaft und es war mir unmöglich, sie zu interpretieren. Ich gelobte Besserung, wechselte von analog zu digital und notierte meine Termine zukünftig in unmissverständlichen Worten. Meiner kindlichen Farbgebung hingegen blieb ich treu.

Noch immer starre ich auf den blauen Punkt mit der Aufforderung, meine Steuererklärung einzureichen. Blau, rund, persönlich. Das erinnert mich an eine grandiose Fehlleistung meinerseits in Sachen Blau. Ich lebte und arbeitete vor Jahren mitten in der Zürcher Altstadt, bewohnte dort eine bezaubernde Wohnung in historischen Mauern, mit grosszügigen Räumen und einer Terrasse vor dem Bad. Wunderschön! Dass ich mir darin allerdings ein Privatleben wünschte, schien nicht allen ganz klar zu sein, da es sich um ein öffentliches Haus und eine Arbeit im Dienste der Öffentlichkeit handelte. Vielleicht hätte ich einen blauen Punkt an die Wohnungstüre kleben sollen, aber das fiel mir damals bedauerlicherweise nicht ein. Jedenfalls gehörte es zu meinen Aufgaben, das stattliche Haus und den angrenzenden Platz an Feiertagen zu beflaggen. Mit der Zürcher Flagge, einem Quadrat, das diagonal getrennt ist von rechts oben nach links unten. Oben liegt Weiss, unten Blau. Nur – für mich war immer klar, dass Blau die Farbe des Himmels war und deshalb oben zu schweben hatte. Nach meinem Blauverständnis handelnd, beflaggte ich die ganze Hofstatt seitenverkehrt und sorgte damit für viel Gelächter, eine handfeste Krise bei den Alteingesessenen und für eine Schlagzeile in der Abendzeitung.

Punkt blau, Steuererklärung, ich weiss. Ich kann so viele Geschichten erzählen wie ich will, der blaue Punkt bleibt stehen. Meine Motivation hält sich noch immer in Grenzen, in engen sogar. Viel lieber nehme ich den Boden feucht auf, wässere die Pflanzen, trinke Kaffee und lese Zeitung dazu. Gehe einkaufen. Sogar neue Druckerpatronen, und dafür muss ich wirklich weit laufen. Ich erledige ein Telefongespräch, das mir unangenehm ist, trinke nochmals Kaffee und sortiere die Wäsche aus, obschon die Waschküche besetzt ist und ich gar nicht waschen kann. Ich erscheine zu früh zu einer Besprechung, die wider Erwarten einvernehmlich verläuft und ich mich nach kurzer Zeit bereits wieder verabschieden kann. Ich treffe auf dem Heimweg niemanden an, mit dem ich mich hätte verquatschen können und sitze schliesslich wieder genau hier, in meiner nun blitzblank geputzten, frisch gelüfteten und peinlich aufgeräumten Wohnung. Ein bisschen ungemütlich fast.

Der Punkt leuchtet noch immer, unverändert und in schönstem Blau. Weshalb habe ich diesem lästigen Abgabetermin bloss meine Lieblingsfarbe gegönnt? Sie passt einfach nicht. Blau erfüllt Wünsche, das sage ich oft, und dass du das Blau in meinen Augen bist. Zugeflüstert hab ich es dir. Wir haben beide gelacht. Wunderblau, glaub mir, sagtest du, Blau verspricht Wunder. Heimlich befragte ich sogar das «Buch der Antworten» nach der Bedeutung von Blau in meinem Leben.
«Es wird dir Glück bringen», stand da geschrieben. Fantastisch!

Weshalb also...meine Güte, genug jetzt. Mit einigen Klicks färbe ich den Eintrag in alltägliches Schwarz. Zufrieden betrachte ich die neue Farbgebung und muss über mein absolut törichtes Verhalten lachen. Ich setze mich aufrecht hin und bereite der albernen Aufschieberei ein Ende.

Orange

Mit leisem Klingeln schliesst sich die Tür hinter mir und ich stehe mitten in einem unbeschwerten Durcheinander. Ich nehme die Sonnenbrille ab, durchwühle meine Tasche erfolglos nach dem Etui und verfolge gleichzeitig fasziniert, wie ein kleiner Knirps sich mit einem lautstarken Trotzanfall zu Boden wirft. Dies scheint ausser seiner ziemlich genervten Mutter allerdings niemanden zu stören. Sie versucht, ihren Sprössling zu beruhigen, erfolgreich ist dies aber erst, als er sich ein Capt'n Sharky-Büchlein aussuchen darf. Es kehrt wieder Ruhe ein im Kinderbuchladen, nur vereinzelt ist ein Kichern zu hören. Ich liebe diesen Ort! Die Wände sind bis in den letzten Winkel mit Regalen ausstaffiert, Hunderte Bücher stehen in Reih und Glied – kunterbunte Verlockungen ohne Ende.

Endlich finde ich das Etui, verstaue die Brille und mache mich auf die Suche nach einem Geburtstagsgeschenk für Nico. Auch heute steuere ich auf die Neuerscheinungen zu, die in hüfthohen Kisten und nach Themen geordnet zu finden sind. «Hexen, Monster,

Geister» steht da fein säuberlich angeschrieben. Nico liebt gruselige Geschichten. Sie dürfen ihm ein bisschen Angst einjagen, müssen aber doch immer ein glückliches Ende finden. Ich schaue die Bilderbücher durch, bleibe da und dort hängen, blättere einige Seiten um, manchmal auch gleich die ganze Geschichte. Grossartig, was ich hier alles zu sehen bekomme! Vergessen ist die Welt um mich herum, die Zeit zerrinnt mir förmlich zwischen den Fingern. Sie vergeht schneller in Buchhandlungen, die Zeit, eine andere Erklärung gibt es einfach nicht. Ich bin versunken in das beschwerliche Leben eines gänzlich blauen Monsters, das verzweifelt ist, weil ein kleiner Junge es nachts nicht in sein Bett lassen will, als neben mir jemand jäh auflacht. Erschrocken zucke ich zusammen, wende den Kopf leicht nach rechts und da sind sie, die orangefarbenen Socken. Da trägt jemand tatsächlich orange Socken! Ich hebe den Blick und in diesem Moment wird sowohl mir wie auch meinem Gegenüber klar, wen wir da vor uns haben.

«Phil?»

«Alice!»

«Bist du zurück?»

«Ich...Alice!

So geht es hin und her, wir fallen uns in die Arme, lachen und können es nicht fassen.

«Schöne Socken», raune ich ihm zu und wir grinsen beide. Unsere Geschichte hat orange begonnen. Es ist lange her, vergessen haben wir sie offenbar beide nicht.

Wir sahen uns zum ersten Mal an der Zürcher Riviera. So nannten wir den Platz an der Limmat zwischen Quaibrücke und Wasserkirche. Acht Stufen, die vom Limmatquai zum Fluss hinunter führen. Vielleicht heissen sie heute noch so, ich bin mir da nicht sicher. Da hockte ich mich gerne hin und verschlang ein Buch nach dem anderen. Es war in meinem dritten Gymnasiumsjahr, die Zeit meiner leuchtend orangen Haare, die stets mit jenen von Pippi Langstrumpf verglichen wurden. Mir schwebte allerdings eher Vivienne Westwood vor, ohne dass ich etwas mit Mode am Hut gehabt hätte. Doch die Frau Westwood verkündete damals, sie entwerfe Mode für Helden und das machte sie auf Anhieb zu meinem Idol. Natürlich schwärmte ich auch für ihre leuchtenden Haare. Jedenfalls fläzte ich, vertieft in ein imaginäres Universum, auf den Steinstufen in der warmen Sonne und musste ständig meine Augen zusammenkneifen, um überhaupt lesen zu können. Es war sehr unangenehm, das reflektierende Weiss.

«Wie wär's denn mit einer Sonnenbrille?», hörte ich da eine dunkle Stimme zu meiner Rechten.

«Haha, schon gut. Sonnenbrille! Die hab ich gestern versehentlich in der Limmat versenkt», gab ich brüsk zurück und fügte der Höflichkeit halber noch «leider» hinzu. Ich konnte es nicht ausstehen, wenn ich beim Lesen gestört wurde. Doch noch bevor ich den Satz zu Ende gelesen hatte, erschien in meinem Gesichtsfeld eine Hand mit einer Sonnenbrille. Sie war orange, hatte dunkelblaue Gläser und war ganz und gar hinreissend.

«Passend zu deinen Haaren, steht dir sicher gut. Setz sie mal auf!»

Mit einem Ruck hob ich den Kopf und lachte laut auf. Neben mir kauerte ein junger Mann, vermutlich um einige Jahre älter als ich. Er hatte wirre blonde Haare, die unter einem Strohhut hervor zipfelten. Das Band um den Hut war violett, seine Augen auffallend hellgrau und sein Hemd knallorange.

«Ein bisschen viel Orange, meinst du nicht auch», sagte ich – und so haben wir und kennengelernt.

«Alice passt wunderbar zu dir», bemerkte Phil beiläufig, als ich mich vorgestellt hatte, und murmelte den Namen mehrmals vor sich hin.

Ich verliebte mich auf der Stelle in ihn und noch bevor der Tag zu Ende ging, waren wir Phil und Alice. Untrennbar und nur noch im Duo anzutreffen. Wir zogen durch unsere Stadt und genossen einander mit Haut und Haaren. Sein orangefarbenes Hemd trug er tagaus tagein und es war nur eine Frage der Zeit, bis ich mich anpasste und in einem Batikkleidchen in Orangetönen umher hüpfte. Wir hüpften tatsächlich viel und benahmen uns vermutlich ziemlich kindisch, was uns damals aber nicht so vorkam. Wir waren derart verliebt, dass wir jede Bodenhaftung verloren. Seine Sonnenbrille wurde zu meinem Markenzeichen, das ich trug, egal wie sich das Wetter präsentierte. Ob drinnen oder draussen, die Sonnenbrille sass auf meiner sommersprossenübersäten Nase, was mir einige Wortgefechte mit meinen Lehrern und diverse Strafaufgaben einbrachte. Mich kümmerte das nicht, ich zählte die Stunden bis zu unserem Wiedersehen nach der Schule, ihm erging es ebenso.

Wir wechseln uns ab im Erzählen, lächeln zwischendurch, schauen uns einfach nur an. Es tut mir richtig gut, ihn zu sehen. Es fühlt sich so selbstverständlich an, was mich doch etwas überrascht nach dieser langen Zeit. Alles ist so unkompliziert mit Phil, das habe ich ganz vergessen.

«Hast du nachher noch Zeit für einen Kaffee?»

«Klar, Kaffee, gute Idee. Doch ich bin noch auf der Suche nach einem Buch für Hanna, meine Patentochter, sie ist zehn. Eines, in dem sie selber schon lesen kann, das sich aber auch zum Vorlesen eignet. Hast du eine Idee?»

Wir durchforsten das entsprechende Regal, neigen synchron unsere Köpfe leicht nach links, damit wir die Titel besser lesen können.

«Momo», sagen wir gleichzeitig, blicken uns erstaunt an und lachen herzhaft.

«Alles beim Alten! Eine gute Idee – und erst noch so schön in Orange.»

Er greift nach dem Buch und wirft einen Blick auf den rückseitigen Text des Schutzumschlags.

«Erinnerst du dich, wie wir versuchten, die Zeit anzuhalten?»

Wie hätte ich das vergessen können. Damals waren wir der Überzeugung, dass wir ausnahmslos alles hinbekommen würden, selbst das Anhalten der Zeit. Es erstaunte uns tatsächlich, dass wir keinen Erfolg damit hatten. Wie gesagt, die Realität schien uns wirklich etwas abhandengekommen zu sein.

«Und du, suchst du etwas Bestimmtes? Etwas für deine Kinder? Hast du überhaupt Kinder?»

«Ich erzähl dir alles später», verspreche ich, «wollen wir gehen?»

Wir lassen uns «Momo» einpacken und treten auf das schattige Kopfsteinpflaster hinaus. Ein milder Frühlingstag erwartet uns. Wir streifen durch die Gassen und landen nach kurzer Zeit unten am Fluss, im gemütlichen Café auf dem Hechtplatz. Er streicht mir leicht über die Haare und murmelt «Grau statt orange – steht dir gut. Wir gleichen uns jetzt» vor sich hin und zwinkert mir dabei zu. Wir setzen uns hin und wissen im Moment beide nicht, wohin mit all den sich aufdrängenden Fragen.

«Mir fällt unsere Musik wieder ein, wenn ich dich so anschaue. Diese LP...weisst du noch...wie hiess sie doch gleich? Sie hatte ein seltsames Cover, ein wildes Muster oder so...erinnerst du dich?»

«Meinst du Michael Franks?», frage ich verwundert und summe zögerlich die Melodie von «Antonio's Song» vor mich hin, unseren Liebling aus dem grossartigen Album. Es war noch auf Vinyl gepresst, das Cover in

Orange, vermutlich Reflexe auf Wasser, aber so genau lässt sich das nicht erkennen. Unten rechts flattert ein Schmetterling ins Bild. Wir hörten diese warmen, manchmal melancholischen Songs zu Hause und auf unseren Walkmans und konnten nicht genug davon kriegen. Die Tonkassette musste ich später entsorgen, da das Band verklebt und nicht mehr abspielbar war. Doch die LP steht noch immer in meinem Bücherregal.

«Jaaa, genau – unser Regenbogenlied!»

Phil strahlt und summt leise mit. Dann lehnt er sich zurück und schaut mich erwartungsvoll an. Ich erzähle wie es mir ergangen ist, nachdem er für sein Studium nach Edinburgh gereist und nie mehr zurückgekehrt war. Von meiner anfänglichen Unfähigkeit, ohne ihn klarzukommen. Wie ich tagelang ins Leere starrte, als wäre er gestorben. Wie ich den Postboten nervte mit meiner ständigen Fragerei nach Briefen, die immer seltener wurden. Wie ich meine Haare millimeterkurz schnitt und endlich neu startete, mich verliebte, gleich schwanger wurde. Von meinen zwei wunderbaren Kindern, mit denen ich Jahre alleine verbrachte, gute Jahre. Von meinen Enkelkindern. Von meinem gelegentlich turbulenten Leben und meinem steten Glück, immer wieder wunderbare Menschen kennengelernt zu haben. Überhaupt von meinem Glück.

Ich unterbreche meine Geschichte immer wieder, geniesse den Augenblick und seine gebannte Aufmerksamkeit. Wir lachen oft, manchmal aus dem Bauch heraus, manchmal leise, auch etwas schüchtern. Ich vertraue ihm sogar an, dass ich nach seiner Abreise begann, akribisch orangefarbene Dinge zu sammeln, um dieses erste Verliebtsein nicht zu vergessen. Etwas verlegen beschreibe ich den transparenten Plastikring, in dem eine kleine Blüte versteckt ist – und die mit Nummern bestempelten Karten von 0 bis 107, wobei 82 fehlt. Erzähle vom winzigen Hund, von den Steinen aus dem Meer, dem Armband aus Holzkugeln. Alles in Orange. Als ich das Batikkleid, das immer noch an meiner Kleiderstange hängt, erwähne, greift er nach meiner Hand und wir schweigen beide einen Moment lang, dann prusten wir los.

«Ist das peinlich», rufe ich laut.

Doch er schüttelt nur den Kopf und gesteht, dass er meine Halskette aus winzigen, orangen Glaskügelchen noch immer trägt im Sommer und seine Frau ihn deswegen stets neckt.

Der Kaffee wird kalt, wir finden kein Ende. Gebannt höre ich ihm zu, wie er von seinem Leben in Schottland berichtet, der Liebe, die er dort fand. Von seiner späten Vaterschaft. Mir gefällt die Freude, die aus jedem Satz herauszuhören ist, wenn er von seiner Familie spricht. Ein wenig Stolz ist auch mit dabei. Er redet noch immer mit seinen Händen, der Schalk in seinen Augen ist ihm auch geblieben. Wir sprechen über unsere gemeinsame Zeit, die so abrupt geendet hat. Rätseln, weshalb wir uns aus den Augen verloren haben, tauschen unsere Koordinaten aus und halten erst inne, als die Sonne sich hinter den Üetliberg verabschiedet. Es wird merklich kühler.

«Komm, lass uns noch ein Stück gehen», sagt er und ruft nach der Rechnung. Die Idee ist mir sehr willkommen. Zeit, ich möchte mehr Zeit mit ihm, wir haben uns so viel zu erzählen. Er stupst mich leicht und sagt dabei:

«Wir brauchen einfach noch etwas Zeit miteinander.»

Wortlos legt er mir seine Jacke über die Schultern, nimmt meine Hand und wir machen uns auf den Weg über den Platz vor dem Opernhaus in Richtung See.

«Endlich hat es Menschen auf diesem Platz!», sagt er begeistert und freut sich wie ein kleines Kind, als er unter den locker verteilten Stühlen einen pinkfarbenen entdeckt.

Es wird ruhiger um uns herum, wir spazieren durch die Dämmerung und mir kommt es vor, als hätten wir uns gestern erst gesehen. Wir setzen uns in die Gartenbeiz ganz vorne am Horn. Der runde Tisch am äussersten Spitz ist frei und gewährt uns freie Sicht auf den abendlichen See. In den mächtigen Platanen über uns hängen vereinzelt farbige Lampions, was dem Platz etwas Märchenhaftes verleiht. Da sitzen wir, freuen uns an jeder gemeinsamen Minute, reden über vergangene Zeiten, über unsere Wünsche und Pläne. Bald blinken an den Ufern die ersten Strassenleuchten als orange Punkte in bläulichem Schatten auf.

«Wann fliegst du zurück», frage ich irgendwann und weiss im selben Augenblick, dass das gar keine Rolle spielt.

«In zwei Tagen schon...»

Er hält kurz inne und fügt dann hinzu:

«Das ist gar nicht so wichtig. Wir wissen jetzt ja, wo wir uns finden können – und dieses Mal verschwinde ich nicht für so lange, ganz sicher nicht.»

Das ist gut, das gefällt mir. Wir reden noch lange dort unter den Bäumen und hören einander zu. Als die Laternen ausgehen, schlendern wir gemächlich zurück in die Stadt.

Rot

Es ist sieben Uhr morgens. Ich stehe in meiner Küche, die Kaffeetasse in beiden Händen und starre mit leerem Blick in den regnerischen Tag hinaus. Der Nebel hängt tief heute. Ich zucke zusammen, als irgendwo im Haus eine Tür knallt, stelle die leere Tasse in die Spüle und suche meine Gedanken zusammen. Konzentration ist gefragt, denn übermorgen ist Zügeltag. Was kommt also als Nächstes? Etwas ratlos schaue ich auf die bereits gepackten Kartons und mir wird bewusst, dass ich keine Ahnung habe, wie ich das alles bewältigen soll.

Die ersten fünf Punkte meiner Liste sind abgehakt. Punkt sechs kann ich auch nach dem dritten Versuch nicht entziffern, lande also eine Zeile weiter unten und sehe, dass Punkt sieben bis zehn dieselben Aufgaben benennen. Sieben: Keller räumen. Acht: Unbedingt Keller räumen. Neun: Jetzt! Keller! Räumen! Zehn: KELLER! Da gibt's kein Entkommen. Ein unerfreulicher Tag, in der Tat.

Es ist zu düster und kühl, doch so schlimm, wie ich

erwartet habe, sieht es gar nicht aus. Während sich meine Augen langsam an das Halbdunkel gewöhnen, lasse ich den Blick über meine gestapelten Habseligkeiten schweifen und bleibe bei meinen Signaltafeln hängen. Zuhinterst an die Wand gelehnt, gleich unter dem vergitterten Oberlicht, stehen sie. Schmunzelnd trage ich sie hinaus in den Flur, damit ich sie besser sehen kann.

Mir fallen die nächtlichen Szenen ein, als wir die Tafeln abgeschraubt haben. Dass dies verboten war, hat uns damals nicht gehindert und erwischt wurden wir auch nie. Einmal war es sehr knapp, ich glaube beim Stoppsignal, aber wie gesagt, wir hatten immer Glück. Vage erinnere ich mich an das Abschrauben der ersten, der einzig blauen. «Vorgeschriebene Fahrtrichtung» ihr ungelenker Name. Mit diesem Schild hatte es begonnen. Später kamen diverse andere dazu, alle in Rot und Weiss, manchmal mit zusätzlichem Schwarz. Rot, Weiss, Schwarz, eine Komposition, die uns quasi in die Wiege gelegt wird: Rot wie Blut, weiss wie Schnee und schwarz wie Ebenholz – und obschon Verkehrstafeln so gar nichts mit Märchen zu tun haben, erinnert mich diese Farbkombination unweigerlich an die schöne Prinzessin. Das vorderste Schild hat mir schon immer besonders gefallen. Einfahrt verboten sagt es mir. Es ist gut erhalten, wenn auch etwas ausgebleicht! Gleich dahinter folgt das Stoppsignal, das einzige mit acht Ecken. Die restlichen sind dreieckig und warnen vor diversen Gefahren. Jene mit dem schwarzen Ausrufezeichen im weissen Dreieck ist ein wahres Bijou! Die lustigste von allen habe ich jedoch verschenkt. Es war ursprünglich die Verbotstafel für Motorfahrzeuge. Das schwarze Auto, das dort im Original abgebildet ist, haben wir mit einem VW-Käfer ersetzt, was wirklich scharf aussah! Die kommen mit, keine Frage. Doch wo ist meine Lieblingstafel? Das Fahrverbot? Es war doch....

Ich durchwühle das Holzregal, schaue unter dem zerlegten Tisch und hinter den Tontöpfen nach, die auch schon bessere Tage gesehen haben. Kein Fahrverbotsschild. Ein roter Regenschirm, der mir gar nicht gehört. Acht Kartonrollen, Kisten mit alten Unterlagen und diverse Verpackungen. Viel Kleinkram, kein Fahrverbot. Wo ist es nur geblieben? Ich setze mich auf den Küchenhocker, dem ein Bein fehlt, versuche die Balance zu halten und zermartere mir das Hirn, was ich ausgerechnet mit meiner Lieblingstafel getan haben könnte. Markus, fällt mir ein. Ich muss Markus fragen. Welch angenehme Ausrede, nicht weiter packen zu müssen!

Drei Etagen höher und fünf Minuten später nimmt eine überaus freundliche Assistentin meinen Anruf entgegen und versichert mir, Herr Geerfeld werde sich umgehend... Das war ja klar. Markus war schon früher immer der Umtriebigste unserer Clique gewesen, der Anführer unseres Quintetts. Etwas enttäuscht überlege ich mir meine nächsten Schritte, als er tatsächlich zurückruft.

«Markus, so gut!»

«Hey du, man sagte mir, es sei dringend. Ist etwas geschehen, geht es dir gut? Wir haben uns schon so lange...»

Ich lasse ihn nicht ausreden.

«Alles halb so wild», beschwichtige ich ihn, «ich habe nur eine Frage, zugegeben eine etwas seltsame.»

Nach einer kurzen Pause fahre ich unbeholfen fort:

«Erinnerst du dich an unsere Signalsammlung? Weisst du zufällig, wo meine Fahrverbotstafel ist? Ich...also ich bin am Packen, weil ich umziehe, oder genauer gesagt meine Möbel einstelle, da ich ausziehen muss, aber keine Wohnung gefunden habe...und ja...also ich kann das Schild einfach nicht finden. Hast du eine Ahnung, was wir damals mit ihm getan haben?»

«Da ist jetzt nicht dein Ernst, oder?»

«Doch doch, es war eben meine Lieblings...»

«Bist du noch bei Trost? Du hast keine Wohnung und sorgst dich um dieses elende Schild?»

Einen Moment lang bleibt es still in der Leitung, dann höre ich plötzlich sein leises Lachen.

«Du hast dich nicht sehr verändert, nicht wahr? Meine Güte Alice, es ist so lange her! Ich hab jene Zeit fast vergessen.»

Wir erzählen uns in Kurzfassungen, wie es uns so ergangen ist in den letzten Jahren, was natürlich ein Ding der Unmöglichkeit ist. Wir versuchen es trotzdem und stellen dabei fest, dass unsere Leben nicht hätten unterschiedlicher verlaufen können. Dennoch, die Vertrautheit der langjährigen Freundschaft hat Bestand und ich freue mich sehr, Markus wieder einmal zu hören.

«Weisst du was», sagt er schliesslich, «wir treffen uns heute Abend und holen dir dein Lieblingsschild nochmals. Bist du dabei?»

«Spinnst du? Du meinst, wir gehen auf Demontage? Echt jetzt?»

«Ach komm, sei keine Spielverderberin! Vielleicht ist ja Rahel mit von der Partie, und Frank. Ich ruf ihn nachher an, wir sehen uns ab und zu. Was ist mit Phil? Ist er noch immer in Schottland? Dahin hat er sich doch damals verkrochen, oder?»

Mir entwischt ein leiser Seufzer. Genau, diese Geschichte habe ich völlig verdrängt. Markus und Phil, die sich nie richtig leiden konnten, die immer wiederkehrenden Streitgespräche zwischen ihnen, das völlige Unverständnis von Markus, als Phil beschloss, in der Ferne zu studieren und sich dann nicht mehr meldete. Alte Geschichten, die plötzlich wieder lebendig werden.

«Ach Markus. Ja, es war Schottland und dort lebt er noch immer. Es geht ihm sehr gut – ich habe ihn übrigens zufällig getroffen, vor Kurzem erst.»

«Schon gut, lassen wir das». Er lacht kurz.

«Sehen wir uns doch heute Abend. Meine Familie ist grad in den Ferien, das passt wunderbar. Komm, gib dir einen Ruck, das wird lustig, ein bisschen wie früher!»

Mir ist nicht wohl bei der Vorstellung, durch die nächtlichen Strassen zu tigern. Doch es geht ja um mein Lieblingsschild, nicht wahr? Also verabreden wir uns für später, ich sende Rahel eine Nachricht mit unserem Treffpunkt und widme mich schleunigst wieder dem Einpacken, um nicht länger über dieses riskante Unterfangen nachdenken zu müssen.

Etwas übermütig und mit dem Nötigen ausgerüstet treffen wir uns abends zu viert an der vereinbarten Stelle. Rahel trägt ihre übergrosse Präsentationsmappe bei sich, Frank hat das Werkzeug, Markus die Handschuhe und ich darf aussuchen, welche Tafel abmontiert wird. Das war schon damals so, und anscheinend ist das noch heute der Fall, denn nach unserer überschwänglichen Begrüssung schauen mich die Drei erwartungsvoll an.

«Wohin geht's?», fragt Rahel und wirft nervös ihre Haare zurück.

Es ist eine groteske Situation. Wir vier mittelalterlichen Gestalten bei anhaltendem Nieselregen, zusammengedrängt unter zwei Schirmen, einem schwarzen und einem roten. Unsere Kleidung ist auffällig, eine alte Gewohnheit, der eine Idee von Frank zugrunde liegt. Er war der Auffassung, dass sich Straftaten am besten begehen lassen, wenn man sich auffällig verhält – mindestens, wenn sie in aller Öffentlichkeit stattfinden. Der Fokus sollte auf uns und unserem Erscheinungsbild liegen und nicht auf dem, was wir gerade im Begriff waren zu tun. Die Erfahrung hat uns immer wieder Recht gegeben und ich hoffe inständig, dass dies auch heute so ist.

«Wir sind schon nicht ganz dicht, das ist euch doch klar?», versuche ich, zugegeben etwas halbherzig, ein letztes Mal zu intervenieren. Das bringt allerdings gar nichts.

«Ach komm schon, Alice, jetzt sind wir schon hier. Nur noch einmal, um der alten Zeiten willen», bekomme ich zur Antwort – von Markus natürlich, das war ja klar. Also los.

Frank hatte mir heute Nachmittag noch einen Tipp gegeben, wo er mein Fahrverbot demontieren würde. Es steht an einer Seitenstrasse, nahe seinem Atelier. Eine wirklich gute Wahl, denn es hat noch die alte Lackierung und ist deshalb nicht glänzend, sondern schön matt. Zudem hat es keine einzige Delle, wirklich ein Prachtstück. Im Nu sind die ersten Schrauben gelockert. Offensichtlich hat sich die Montageart in den vergangenen Jahren nicht geändert, denn Franks Equipment passt wunderbar. Gut für uns. Innert Kürze ist die Tafel frei und Rahel öffnet ihre Mappe.

«Paps?», ertönt da eine überraschte Frauenstimme aus dem Dunkel und zwei junge Leute nähern sich langsam. Sie halten sich an den Händen wie ein frisch verliebtes Paar.

«Paps, bist du das? Was tust du...was tut ihr hier?»

Sie bleiben stehen und der hoch aufgeschossene Mann hält schützend seinen Schirm über den Kopf seiner Freundin. Ob das Julia ist, überlege ich noch, als ich bemerke, wie Frank vergeblich versucht, die Werkzeuge in seinen Manteltaschen verschwinden zu lassen.

«Stella...hallo Max!», stammelt er dabei. «Was tut ihr denn hier? Wolltet ihr nicht ins Kino gehen?»

Ich konnte die beiden Töchter noch nie auseinanderhalten. Obschon sie mit zwei Jahren Unterschied zur Welt kamen, gleichen sie einander wie Zwillinge. Dies ist also die jüngere von beiden, eine sympathische Frau, die ich auf Anhieb wohl nicht wiedererkannt hätte. Rahel wirft mir einen fragenden Blick zu, Markus dagegen lacht schallend und kann nicht mehr aufhören damit.

«Du erinnerst dich vielleicht noch an Alice?», wendet sich Frank jetzt erklärend an seine Tochter. «Sie war früher oft bei uns zu Besuch. Weisst du noch? Und das ist Rahel, wir sind längjährige Freunde und Markus...»

Er gerät ins Stocken und jetzt kann auch ich mir ein Lachen nicht mehr verkneifen.

«Ihr klaut eine Verkehrstafel? Sag mal, geht's noch?»

Der junge Mann mit Namen Max gibt keinen Mucks von sich, ihm ist die ganze Situation offensichtlich peinlich. Er flüstert Stella etwas ins Ohr, diese lächelt ihn an und nickt ihm zu. Mit einem knappen «Wir sehen uns später» verabschieden sie sich und verschwinden kurz darauf im Dunkeln.

Markus hat sich mittlerweile erholt und wischt sich mit dem Handrücken über seine Augen.

«Das war ja was! Da musst du wohl noch so einiges erklären zu Hause», prustet er dann los. Frank steht einfach da und schüttelt den Kopf langsam hin und her, immer wieder. Er macht einen bedauernswerten Eindruck. Als ich mich gerade entschuldigen will für diese ganze Aktion, hebt er ruckartig den Kopf.

«Das ist wirklich absurd! Ihr habt ja keine Ahnung!»
Er unterbricht sich kurz und ruft dann:

«Er ist Verkehrsmanager! Max arbeitet im Verkehrsmanagement der Stadt...das ist doch einfach...ich glaub's nicht. Ausgerechnet!»

In diesem Moment streifen zwei grelle Scheinwerfer unsere Mäntel. Geblendet halte ich mir die Hand vor das Gesicht und kann gerade noch knapp die weiss-orange Lackierung erkennen.

«Nein, nicht auch das noch», murmle ich und wende mich Hilfe suchend an die anderen. Wir sind überrumpelt und tun dann einfach das, was wir in solchen Situationen immer getan haben. Wir reden alle gleichzeitig auf uns ein. Meine getupften Gummistiefel blitzen im Schweinwerferlicht auf, Rahels pinkfarbene Pelerine verdeckt die grosse Mappe und Markus zieht sich seinen gelben Südwester etwas tiefer in die Stirn. Frank steht mit geschlossenem Regenschirm tropfnass und gestikulierend daneben. Wir fallen auf wie bunte Hunde, was die Polizisten nicht weiter zu stören scheint. Diese oft erprobte Ablenkung von einst erweist sich noch immer als nützlich und wir bleiben auch heute unbehelligt. Der Streifenwagen fährt weiter, scheinbar ohne uns auch nur eines Blickes zu würdigen. Schon fast ein bisschen beleidigend, da sind wir uns einig, doch die Erleichterung ist uns allen anzusehen.

Das Zusammentreffen mit Max und die möglichen Konsequenzen beschäftigen uns noch kurz, doch Frank winkt ab.

«Schon gut. Wir werden sehen, wie er reagiert. Vergessen wir es einfach für den Moment.»

Laut schwatzend steuern wir die kleine Bar ums Eck an, die wir erst kurz vor Mitternacht wieder verlassen. Einander eingehakt und in aufgekratzter Stimmung erreichen wir den Parkplatz, verabschieden uns aber erst, als ich verspreche, eine Fahrverbotsvernissage zu geben, sobald ich eine Wohnung gefunden habe. Das finden alle ganz grossartig und ich so mache mich mit Rahels Mappe in der Hand auf den Heimweg.

Das Licht im Keller erscheint mir nachts nicht mehr gar so trüb, selbst die Temperatur fühlt sich angenehmer an. Noch einmal werfe ich einen Blick auf meine neue Errungenschaft und stelle sie behutsam zu den anderen.

«Es musste wirklich sein», entschuldige ich mich leise und mit einem Schulterzucken bei meinem Fahrverbot, «du bist einfach besonders schön!»

Gedankenverloren betrachte ich den tropfenden Regenschirm in meiner Hand, der gar nicht mir gehört. Er ist rot, die Farbe meiner Schwester und ich nehme mir vor, ihn bald zurückzubringen. Kaffee mit ihr, das hört sich sehr gut an. Denn sie ist die Beste, sage ich jeweils.

Ohne sie geht gar nichts, denke ich jetzt, verriegle das Kellerabteil mit klammen Fingern und lausche dabei dem leisen Plätschern des Abflussrohres. Der Regen muss wieder stärker geworden sein.

Grün

Die Luft ist noch kühl und der Wind streicht angenehm um meine nackten Beine. Die einzige Entscheidung, die ich im Moment treffen muss, ist die Farbwahl des Tischtuchs, mit dem ich den runden Gartentisch bedecken möchte. Seine einstige Lackierung ist mit kleinen Dellen versehen, die den Eindruck erwecken, als wäre das Blech mit Punkten bemalt. Dennoch reflektiert die Farbe das Licht unerträglich, sobald die Sonne hinter dem Baum hervorblinzelt. Eine Tischdecke ist also unabdingbar und deren Farbe, wie gesagt, meine einzige Herausforderung.

Heute entscheide ich mich für ein hellgelbes Tuch, das von verblassten grünen und orangefarbenen Streifen durchzogen und rundum mit verfilzten Fransen geschmückt ist. Mit ausholender Geste werfe ich es über den Tisch und streiche es mit beiden Händen glatt. Ich liebe dieses Ritual, mein Einstieg in einen neuen Tag. Die tiefblaue Glasur der Kaffeetasse bildet einen angenehmen Kontrast zum Stoff, was ein Zufall ist, aber das Tüpfelchen auf dem i an diesem strahlenden Morgen.

Zufrieden lasse ich mich auf den verwitterten Holzstuhl fallen, lege die Füsse auf den gegenüberliegenden und schiebe mir ein wild gemustertes Kissen in den Rücken. Es erinnert mich an Afrika, an stolze Frauen mit langen Kleidern in leuchtenden Farben, an Hitze, Sand und unendliche Ebenen. Nichts in diesem Garten hat auch nur das Geringste mit dem fernen Kontinent zu tun. Es ist alles so grün hier!

Ich fühle mich sehr wohl unter den weit ausgreifenden Ästen der mächtigen Esche, die sich wie ein Dach über den Garten spannen. Es ist nicht meiner, der prächtige Garten. Er gehört meiner Freundin Lena. Sie bereist für sechs Wochen ferne Länder und hat mich deshalb gefragt, ob ich während dieser Zeit ihr Haus hüten möchte. Eine wirklich glückliche Fügung, denn ich bin auf Wohnungssuche, leider nicht auf Wohnungsfindung, und mein gesamter Hausrat ist in einer Lagerhalle eingestellt. Es passt also wunderbar.

«Du hast nichts anderes zu tun, als die Pflanzen zu giessen und den Briefkasten zu leeren», hat sie geagt, und das hörte sich geradezu traumhaft an. Allerdings merkte bald, dass ich dieser blühenden Pracht kaum gerecht werden konnte. Mir schien, als würden die Pflanzen ihre Gärtnerin regelrecht vermissen.

«Ich gebe mein Bestes, das verspreche ich euch», sage ich laut vor mich hin. Etwas beschämt schaue ich mich um.

«Jetzt rede ich also schon mit den Pflanzen», höre ich mich sagen und muss ein bisschen lachen. Kopfschüttelnd erhebe ich mich, nehme den letzten Schluck Kaffee und mache mich auf, erst einmal das Grünzeug im Haus zu giessen. Das dauert, doch ich liebe auch dieses Ritual. Ich wähle spontan die dunkelgrüne Giesskanne, da die blecherne mir einfach zu schwer ist und ich die hellgelbe gestern wohl bei den Rosen hinten vergessen haben muss. Ich lasse zu viel Wasser einlaufen, was es mir unmöglich macht, die Kanne überhaupt noch anzuheben. Mühsam schleppe ich sie auf den Rasen, leere etwas Wasser ab und richte mich mit einem Griff in mein Kreuz stöhnend auf.

«Du bewegst dich ja schlimmer als ich!», höre ich die neckende Stimme meiner Nachbarin, die mit ihrem Rollator im Schneckentempo daherkommt.

«Ja, das kannst du laut sagen!» rufe ich und gehe ihr ein paar Schritte entgegen.

«Wie geht es deinem Fuss heute?»

Es werde besser, bekomme ich zu hören, doch sie habe jetzt dann wirklich genug von dieser blöden Gehhilfe. Ich bewundere ihre Entschlossenheit. Sie hat sich vor zwei Wochen den linken Knöchel gebrochen, absolviert aber dennoch eisern ihren täglichen Marsch hinauf zur Strasse und wieder zurück. Und dies mit dreiundachtzig Jahren.

«Weisst du was Frieda, ich rede neuerdings mit mir selber. Es ist so was von peinlich!»

«Ha, das kenne ich nur zu gut!» Sie winkt mir vergnügt zu und humpelt von dannen. Ich setze mich auf die warme Wiese, schnüre mir meine Stoffschuhe richtig zu und lege mich einen Moment rücklings ins weiche Gras. Tief atme ich den frischen Geruch ein, einen Moment nur noch...

Entschlossen greife dann zur Giesskanne. Zwei Stockwerke höher starte ich gemächlich meinen Parcours und fülle einen Untersetzer nach dem anderen mit etwas Wasser. Eine Melodie summend gehe ich dieser meditativen Tätigkeit nach, als aus der unteren Etage ein kratzendes Geräusch zu mir empor dringt.

«Hallo, wer ist da?», rufe ich erfreut, lasse die Kanne stehen und eile zum Treppenabgang. Ich höre gerade noch eilige Schritte auf den Dielen, dann das Zuschlagen der Haustür und ich bin wieder allein. Denke ich zumindest.

«Nicht so, mein Freundchen», murmle ich vor mich hin und bin schon unten, bevor ich mir überlegt habe, was ich eigentlich zu tun gedenke. Suchend schaue ich mich vor dem Haus um, doch es ist absolut friedlich, kein Mensch ist zu sehen und ich stehe etwas ratlos da. Ob ich mir das nur eingebildet habe?

Langsam gehe ich zurück nach oben, setze meinen Rundgang fort, drehe den einen und anderen Topf ein klein wenig ins Licht und streiche hie und da selbstvergessen über filigrane Blätter.

«Keine Panik, es wird schon eine Erklärung dafür

geben», versuche ich mich selber zu beschwichtigen. Es gelingt mir jedoch nicht, ich bin unruhig und auch etwas verunsichert. Wieder unten angekommen werfe ich einen Blick in den Garten und setze mich schliesslich auf die grüne Holzbank neben der Haustür. Doch von Entspannung kann keine Rede sein. Immer wieder schaue ich mich um, weiss jedoch nicht, was ich eigentlich zu sehen hoffe.

«Es gefällt mir nicht», sage ich laut, «das ist nicht gut.»

Und schon wieder spreche ich mit mir selbst. So geht das nicht, denke ich noch, dann höre ich es von Neuem. Zögernde Schritte, hinten beim Briefkasten. Mit einem Satz bin ich auf den Beinen. Ich jage um die Hausecke, erhasche aber nur noch einen Blick auf einen wippenden Pferdeschwanz unter einer gelben Mütze.

«Was soll das!», schreie ich hinterher. «Warten Sie doch einen Moment!»

Ich habe keine Chance, die Person einzuholen, ich kenne mich im Dickicht hinter dem Haus überhaupt nicht aus. Ist es eine Frau gewesen? Was will sie und weshalb läuft sie weg, wenn ich mich bemerkbar mache? Ich rufe mir das Bild nochmals ins Gedächtnis: Schwarze Haare, lose zusammengebunden unter einer Mütze in Gelb. Welche Farbe haben ihre Kleider gehabt? Ich kann mich nicht mehr erinnern und komme mir ziemlich blöd vor deswegen. Ich mache kehrt und öffne im Vorbeigehen den Briefkasten. Ein braunes Kuvert aus rauem Papier, versehen mit zwei Reihen bunten Briefmarken und unzähligen Stempeln, liegt darin. Verwundert inspiziere ich es etwas genauer. Es steht mein Name drauf, Umleitadresse, alles korrekt. Das Herkunftsland kann ich jedoch nicht entziffern, auch die Marken sind mir gänzlich unbekannt.

«Jetzt brauche ich nochmals Kaffee», sage ich entschieden vor mich hin. Das mit dem nur denken statt reden gelingt mir offensichtlich nicht. Ungeduldig stehe ich vor der Espressomaschine, warte, bis sie mir zischend erlaubt, die Tasse zu füllen und setze mich draussen ins Gras. Unschlüssig wende ich den braunen Umschlag hin und her, reisse dann mit einem Ruck die Lasche auf und entnehme dem Kuvert ein Bündel Papier, das von einer blauen Büroklammer zusammengehalten ist. Ich lese den Inhalt dreimal durch, bis ich begreife, was da geschrieben steht. Eine Anwaltskanzlei aus San José in Costa Rica möchte umgehend meine Rückmeldung. Es gehe um eine Erbschaft, genaueres würde ich nach einer Kontaktaufnahme erfahren.

«Was? Das ist doch…das kann doch nicht sein!», rufe ich erstaunt und diesmal ist es mir vollkommen egal, ob ich laut rede oder nicht. Die Papiere sind in Spanisch, Englisch und Deutsch verfasst, selbst das Attest eines Übersetzungsbüros liegt bei. Nachdenklich lege ich die Dokumente beiseite und lehne mich zurück. Einfach durchatmen, kurz warten, einen Moment nur…

…Langsam komme ich zu mir und weiss im ersten Augenblick nicht, wo ich bin. Vermisse die vertrauten

Geräusche der Stadt, höre nur das Summen von Bienen und Hundegebell aus weiter Ferne. Irgendwo spielt jemand ein Lied auf einer Gitarre. Ich erkenne es nicht, das Lied. Allmählich erinnere mich, dass ich bei Lena bin und vorübergehend in ihrem Haus wohne. Ich blinzle in das tiefgrüne Blätterdach über mir und atme tief ein. Es duftet nach Blüten, nach frisch geschnittenem Gras und nach Sommer. Bin ich eingeschlafen? Jedenfalls liege ich in der Wiese unter der Esche. Ich dehne meine Arme, setze mich vorsichtig auf und stosse dabei gegen eine noch halb volle Tasse neben mir. Leise schimpfe ich vor mich hin.

«Echt jetzt, Kaffeeflecken auf meinem Lieblingskleid?»

Verwirrt schaue ich mich um. Unmittelbar neben mir steht die dunkelgrüne Giesskanne, bis obenhin mit Wasser gefüllt. Die Hautür ist sperrangelweit offen, der Kater liegt zusammengerollt auf dem Korbsessel – alles ist friedlich, wie immer.

Noch etwas benommen stehe ich auf. Das Kleid auswaschen, das kommt jetzt zuerst. Wie war das gleich mit Kaffeeflecken? Kaltes Wasser und Spülmittel... oder so. Zwei Stufen auf einmal nehmend gelange ich ins obere Bad, halte den Rockzipfel unters Wasser und bemerke dabei, dass die Pflanzen hier noch gar nicht gegossen sind.

«Aber ich habe doch vorhin...»

Ein Blick ins Schlafzimmer und in die oberste Etage bestätigt mir, was ich schon im Bad bemerkt habe: Rundum nur ausgetrocknete Erde. Entgeistert stehe ich im Flur, während sich zu meinen Füssen eine kleine Pfütze bildet. Als plötzlich die Hausglocke klingelt, versuche ich hastig, mein nasses Kleid auszuwinden.

«Ich komme, nur einen Moment», rufe ich dabei.

«Sie brauchen nicht so zu schreien, die Tür steht offen», entgegnet eine tiefe Stimme.

Ich ziehe das Kleid zurecht und eile nach unten.

«Oh, Sie sind ja gar keine Frau...», platze ich heraus und halte mir sofort die Hand vor den Mund, als könnte ich es zurücknehmen.

«Entschuldigen Sie, wie bitte?»

«...und weshalb sind Sie vorhin weggerannt? Sie haben mir einen ganz schönen Schrecken eingejagt!»

«Es tut mir leid, aber ich habe wirklich keine Ahnung, wovon Sie sprechen. Ich war anfangs Woche zum letzten Mal hier und hab einige Briefe eingeworfen...»

«Aber Sie waren doch...ich habe nach Ihnen gerufen!»

Besorgt sieht mich der Postbote an.

«Ich verstehe nicht...geht es Ihnen gut, ist mit Ihnen alles in Ordnung?»

Er hat dunkle Haare, die zu einem Pferdeschwanz zusammengebunden sind, trägt eine gelbe Schirmmütze und betrachtet mich nun prüfend von oben bis unten.

«Ihr Kleid tropft! Geht es Ihnen wirklich gut? Ist Lena nicht hier?»

Mir wird bewusst, dass ich wohl ein seltsames Bild abgeben muss. Hastig erkläre ich ihm, dass ich das

Haus hüte, Lena noch immer unterwegs und mit mir alles in bester Ordnung sei, wirklich.

«Haben Sie etwas für Lena? Soll ich etwas entgegennehmen für sie?», füge ich noch hinzu und schaue ihn fragend an.

Erleichtert lächelt mein Gegenüber kurz auf. Er entnimmt seiner voluminösen Tasche einen brauen Umschlag, der mit zwei Reihen bunten Briefmarken und unzähligen Stempeln versehen ist.

«Ich suche eine Frau Lenzlinger, da ich ihre Unterschrift für ein Schreiben aus...»

«Costa Rica!», unterbreche ich in. «Das glaub ich jetzt nicht! Alles gut, Sie haben die Frau Lenzlinger gefunden, das bin ich.»

Ich nehme den rauen Briefumschlag in Empfang und unterschreibe auf einem dieser digitalen Geräte, das er mir entgegen streckt.

«Wissen Sie, ich habe das vorhin geträumt. Ich werde erben!»

Verwirrung und Besorgnis spiegeln sich erneut im Gesicht des Briefträgers. Doch bevor er etwas entgegnen kann, strahle ich ihn an und frage:

«Och, es tut mir leid, bitte entschuldigen Sie! Ich bin Alice, Hüterin des Hauses. Haben Sie vielleicht Zeit für eine Tasse Kaffee?»

Er streckt mir augenzwinkernd die Hand hin.

«Andi, Andres Brändli, Pöstler. Gerne – und wie war das gleich mit dem Träumen?»

Braun

Mir hat die Farbe Braun noch nie gefallen. Vielleicht
liegt das daran, dass ich meine frühesten Erinnerungen
an Braun mit Manchesterhosen in Verbindung bringe,
die ich von meinem älteren Bruder nachzutragen hatte.
Das passte mir gar nicht. Ich wollte unbedingt meine eigenen Hosen, blau sollten sie sein. Aber nein, sie
waren braun und Braun fand ich einfach nur langweilig. Genau wie meine Haare – die waren nämlich auch
braun. Nicht schön rotbraun wie die Kastanien oder
nussbraun mit einem Schuss Orange. Nein, sie waren
normalbraun, ohne spezielles Merkmal und mir überaus lästig. Noch fast ein bisschen mehr als die Hosen.
Im Gegensatz zu mir hatte meine Schwester wunder-
schönes Haar, nahezu schwarz und leicht glänzend.
Nur ich – ja eben. In meinen geliebten Büchern, die
stets von frechen Mädchen mit eigenwilligen Ideen
handelten, hatten die Heldinnen nie braune Haare.
Ihre Haare waren stets ganz besonders, zum Beispiel
rot oder pink oder gelb. Das gefiel mir sehr! In einer
Geschichte hatte eine Spionin gar blaue Haare und ich
erkor sie augenblicklich zu meiner Favoritin – blaue

Haare, das wäre doch was gewesen. Aber ich war mit den meinen und braunen Hosen abgestraft. Oft fragte ich mich, weshalb es die Farbe Braun überhaupt gab. Wer hatte sie erfunden? War Braun vielleicht ein Irrtum und ein grosser noch dazu? Ich erhielt nie eine schlüssige Antwort, ganz egal, wen ich danach fragte. Braun schien einfach da zu sein, in meinem Alltag gar unangenehm hartnäckig.

In meiner heftigsten Braunablehnungszeit präsentierte sich mir die Welt noch ganz und gar fernsehfrei. Deshalb hörten wir damals gemeinsam Radio. Tatsächlich! In kalten Winternächten machten wir es uns vor dem Kamin gemütlich, schlürften dampfende Schokolade und lauschten auf DRS 1 gebannt einem Hörspiel. Hörspiele liebte ich. Francis Durgbridge-Krimis waren angesagt und mein liebster handelte von Paul Temple und dem Fall Alex, in dem jemand von einem Mädchen in Braun verfolgt wird. An den genauen Zusammenhang erinnere ich mich nicht mehr, doch ich glaube, das Mädchen überlebte die dramatischen Ereignisse gar nicht. Die nächtlichen Verfolgungen gingen mir jedoch unter die Haut und bleiben unvergessen. Wir stellten uns damals die schauerlichsten Szenen vor, tauchten in nebelverhangene Alleen ein und schauten uns dabei verstohlen in unserem Wohnzimmer um. Wartete das Mädchen in Braun in düsteren Räumen auf ihr Objekt der Begierde, während im Hintergrund nur das penetrante Ticken der Wanduhr zu hören war, sassen wir mucksmäuschenstill und hielten den Atem an. Wir froren in finsteren Gassen und kuschelten uns in warme Decken, wenn es durch die dunkle Herbstnacht schritt. Die Unheil verkündenden Schritte, stets mit einem leichten Hall untermalt, liessen uns erschauern und uns näher zusammenrücken. Diese finsteren Szenen waren es, die mich ein ganz klein wenig mit der Farbe Braun versöhnten, da ich zum ersten Mal etwas sah, das mir in Braun gefiel. Auch wenn das Mädchen in Braun nur in meiner Vorstellung existierte.

Versöhnung hin oder her, meine Haare wurden mit meiner Entdeckung von Henna zuerst orange, dann rot und später dunkelrot gefärbt. So gut hat mir Braun dann doch nicht gefallen. Selbst meine Blockflöte habe ich golden bemalt, da ich sie in Braun einfach nicht ausstehen konnte. Entgegen meinem Braunwiderwillen verbrachte ich in der Kunstgewerbeschule drei Wochen damit, meine ersten Schühlein in einer schattierten Bleistiftzeichnung aufs Papier zu bannen. Schümmerle nannten wir diese Technik. Die Schuhe waren an den Schuhspitzen abgewetzt und wirklich allerliebst. Aber braun. Meine stetigen Bemühungen, Braun möglichst aus meinem Alltag zu verbannen, fruchteten also nicht so richtig, was sich auch am Beispiel Schokolade zeigte. Das warme Schokoladenbraun hatte es mir angetan. Ihm konnte ich nicht widerstehen. Ich liebte Schokolade und verzieh ihr deshalb generös ihre Farbe. Zudem fand ich dann auch noch Gefallen an weichen Lederstiefeln, die aus dunkelbraunem Wildleder gefertigt waren. Aus der «Ich laufe nur noch in einem weissen Nachthemd durch die Gegend und spiele Flöte»-Zeit wurde die «Ich trage nur noch bestickte Jeans und Lederstiefel und habe farbige Bänder in den Haaren»-Zeit. Die Accessoires in jenen Tagen waren fast zwanghaft braun und machten selbst vor Wohnungseinrichtungen nicht halt. Die Kombination von Braun, Olivgrün und Orange war allgegenwärtig. Orange war toll, davon hätte ich gerne mehr gehabt, aber das Zusammenspiel von Braun und Olivgrün fand ich entsetzlich. Bevor ich mich jedoch versah, war auch unser Haus mit dunkelbraunem Teppich ausgelegt, unsere Küche in Olivgrün gefliest und meine Braunantipathie zementiert. Doch selbst dies hinderte mich nicht daran, mich in einen braunhaarigen Jungen zu verlieben. Wie gesagt, ich schaffte es einfach nicht, Braun gänzlich von mir fernzuhalten. Es sollte allerdings eine Ausnahme bleiben, das mit dem «Sich verlieben in einen braunhaarigen Jungen». Dennoch war er es, dem es gelang, mich milder gegenüber meinem ungeliebten Braun zu stimmen.

Ungeachtet dessen – mir gefiel die Farbe noch immer nicht wirklich.

Bis gestern. Der Tag hatte etwas Besonderes und erschütterte meine, nach Möglichkeit braunfreie, Welt ein bisschen. Er begann ziemlich belanglos. Alles lief in gewohnten Bahnen, einzig die Sonne schien unerwartet heiss vom ausnahmsweise wolkenlosen Himmel. Ich verliess das Haus viel zu warm angezogen und musste umkehren, um mich der Temperatur entsprechend zu kleiden. Das führte dazu, dass ich meinen Bus nicht zur Zeit erwischte und später an der Peripherie der Stadt strandete, weil ich die Anschlussverbindung in ländlichere Gegenden verpasst hatte. Erschwerend kam hinzu, dass beim Busbahnhof ein Rohr gebrochen und die ganze Umgebung mit schlammbraunem Wasser geflutet war. Es ging gar nichts mehr. So wartete ich mit hochgezogenen Beinen über eine Stunde auf einer Mauer, wippte leicht hin und her und starrte dabei in das träge dahin fliessende, braune Nass.

Natürlich komme ich zu spät, ziemlich viel sogar, was in letzter Zeit eine Seltenheit geworden ist. Ich bin nämlich gerne pünktlich, es fühlt sich einfach besser an, doch das ist in diesem Moment völlig irrelevant, da ich eben zu spät bin. Es herrscht eine fast andächtige Spannung im Raum, die kreisförmig aufgestellten Stühle sind bis auf den letzten Platz besetzt und alle Anwesenden folgen aufmerksam den Ausführungen der Rednerin. Ich versuche, mich auf dem knarrenden Boden lautlos in den hinteren Teil des Saales zu schleichen, was unmöglich scheint und mir auch nicht gelingt. Ich greife mir einen Stuhl, hänge meine Tasche an die Lehne und setze mich erleichtert. Die Referentin lächelt mich kurz an, unterbricht ihre Erklärungen aber nicht, sondern erläutert, wie der Abend ablaufen wird. Konzentration ist gefragt und das sich Eingeben. Das Szenario ist mir vertraut, ich entspanne mich allmählich. Die Wachsamkeit der anderen Teilnehmer ist unübersehbar, das Interesse am Geschehen bei allen offensichtlich. Ich nehme die Menschen im Raum nicht wirklich wahr und kann mich bereits nach wenigen Minuten nicht mehr an Einzelheiten erinnern. Weiss nicht mehr, wer wen repräsentiert, wer welches Anliegen hat oder wer mit wem hier ist. Es kommt Bewegung ins Geschehen, oft stehe ich auf, setze mich wieder, verfolge den Ablauf um mich herum, teile mich mit. Wir sind gefordert, es gilt, schwierige Situationen auszuloten und aufzulösen. Trotz meiner Aufmerksamkeit zucke ich kurz zusammen, als ich mich plötzlich einer Person gegenüber finde, die sich mit respektvoller Distanz vor mich hinstellt. Ich halte den Kopf gesenkt, um mich zu konzentrieren. Nach einigen Augenblicken unterziehe ich mein Visavis dann in aller Ruhe einer Betrachtung von unten nach oben. Mir fallen zuerst die makellosen Schuhe auf, die mir in mattem Enzianblau entgegen leuchten. Sie müssen neu sein. Auf peinlichst gebügelte Hosen folgt dann ein loser Pullover, aus dem ein helles Hemd hervorschaut. Alles in Braun. Braun!

Braun gefällt mir einfach nicht, ist mein erster Gedanke. Mensch, bist du oberflächlich, ist mein zweiter. Schliesslich hebe ich den Kopf um zu erkunden, wer mich da über all diesem Braun anschaut. Und da ist er dann, dieser Blick. Wie schnell verändert sich die Welt? Wie viel Zeit ist nötig, um ein Leben auf den Kopf zu stellen?

Irgendjemand sagt etwas, was ich nicht verstehen kann. Es klingt wie eine Frage. Muss ich antworten? Muss ich etwas tun? Ich will reagieren, kann mich jedoch auf nichts anderes konzentrieren ausser auf diese Augen. Sie sind neugierig, irgendwie vertraut und von einem warmen Mahagonibraun. Braune Augen mag ich seltsamerweise, das ist schon immer so gewesen. Vielleicht verdanke ich das der Augenfarbe meiner Mutter oder derjenigen von Lena. Meine Freundin aus Kindertagen hat nämlich auch tiefbraune Augen, die sich, wenn sie wütend wird, ein klein bisschen grün verfärben. Wie gesagt, bei den Augen bin ich tolerant in Sachen Farbe, wenn nicht gar immun gegen meine Abneigung. Wir schauen uns noch immer an, mein Gegenüber und ich, reglos. Vor meinem inneren Auge tauchen die skurrilsten Bilder auf und für einen Moment komme ich mir vor wie eine Comicfigur, über deren Kopf so kleine Bläschen gezeichnet sind, die immer grösser werden. In der obersten Blase tummeln sich jeweils Aahs und Oohs, Ausrufe- oder Fragezeichen. Ungefähr so fühlt es sich jedenfalls an, ich kann die Bilderflut nicht beeinflussen und stehe nur sprachlos da. Die Verbindung hält, simpel und punktgenau.

Die Minuten verstreichen und ich wünsche mir, dass

ich auf wundersame Weise gelernt habe, die Zeit anzuhalten. Weshalb lernt man so viele unnütze Dinge und nie diejenigen, die wirklich wichtig sind? Was nützen mir Quadratwurzeln, Chemieexperimente oder Jahreszahlen von heroischen Schlachten, wenn ich schlicht und einfach die Zeit anhalten will? Eine vertraute Frage, die ich mir ja schon früher gestellt habe, und ich bedaure einmal mehr, dass Phil und ich damals nicht erfolgreicher gewesen sind. Mein Wunsch geht auch heute nicht in Erfüllung und so läuft die Zeit einfach weiter. Es ist frustrierend. Bewegungslos und fasziniert schauen wir uns in die Augen. Die meinen blau, die seinen braun.

«Blau steht dir gut», sagt er da, weist mit einer feinen Handbewegung auf mein Kleid und trifft mich damit unvorbereitet.

«Braun mag ich einfach nicht», entgegne ich, ohne auch nur eine Sekunde nachzudenken. Erschrocken halte ich inne. Sein Gesicht verzieht sich ganz langsam, unzählige feine Fältchen bilden sich um seine Augen, dann lacht er leise vor sich hin.

«Ich trage blaue Schuhe», erwidert er, «zählt das nicht?»

Sie gefällt mir, seine Reaktion, sehr sogar. Die Menschen rundum sind schnell vergessen, das Gespräch fliegt hin und her, beginnend bei Vorlieben, irgendwann endend bei Visionen. Über Blau zu Braun und weiter zu farbigeren Themen. Meine Braunantipathie bröckelt von Minute zu Minute, meine bevorzugte

Farbskala erweiterte sich mit jedem Satz. Nicht, dass ich Braun jetzt zu meinen liebsten Farben zählen würde, aber Braun hat schon was, nicht wahr?

Gelb

Heute ist der Tag, an dem in Zürich der Winter verbrannt wird. Zuoberst auf einem gewaltigen Scheiterhaufen thront die todgeweihte Jahreszeit, repräsentiert durch einen Schneemann, der mit Holzwolle und Knallkörpern gefüllt ist. Die kleine Plattform zu seinen Füssen dient dem Hünen als Ehrenpodest, das ihm eine wundervolle Sicht auf die feierlich geschmückte Stadt ermöglicht. Ein letztes Mal raucht er seine Pfeife und harrt seines Schicksals. Um sechs Uhr abends läuten die Glocken der Altstadtkirchen, das Feuer unter seinem Allerwertesten wird entfacht und das Unheil nimmt seinen Lauf. Je schneller der Kopf des armen Kerls explodiert, je schöner wird der Sommer. So will es die Überlieferung und die Wetterlage der kommenden Monate liegt einmal mehr in den Händen dieses Pfeifen rauchenden Bööggs.

Schon lange hat mir Nico in den Ohren gelegen mit dem Wunsch, dieses Jahr endlich einmal nah am Feuer stehen zu dürfen, um das ganze Spektakel aus nächster Nähe verfolgen zu können. Mir behagt das gar nicht.

Menschenmassen liegen mir nicht. Ist mir der Fluchtweg versperrt, kriege ich Panik. Doch für die Kleinen ist es natürlich eine grandiose Show! Die Pferde, die um das riesige Feuer galoppieren, die dröhnende Blasmusik, die dazu spielt und all die Flaggen und Farben. Also hab ich es ihm versprochen – dieses Jahr gehen wir dahin. Und dann hat mich die Grippe erwischt. Eine Frühjahrsgrippe, wie es so schön heisst, wobei es ja eine Grippe für jede Jahreszeit zu geben scheint. Jedenfalls liege ich vorwiegend im Bett, bin absolut energiefrei, mein Kopf fühlt sich tonnenschwer an, meine Nase läuft und ich kann mir ein Bad in einer Menschenmenge überhaupt nicht vorstellen. Also rufe ich Nico schweren Herzens an und erkläre ihm die Situation. Seine Enttäuschung macht es mir nicht leichter, und als er mir dann auch noch gute Besserung wünscht, fühle ich mich richtig mies.

«Ich lasse dich im Stich, ich weiss. Es tut mir so leid!»

Am anderen Ende der Leitung bleibt es still und ich vermute, dass er den Hörer aufgelegt hat. Doch plötzlich höre ich ihn begeistert rufen:

«Ich darf aber mit Papa gehen, er hat's mir grad versprochen!»

«Das ist super! Grossartig, sag Flo einen lieben Gruss und ich wünsche euch ganz viel Vergnügen!»

«Ich werde dir später alles erzählen», schreit Nico noch ins Telefon, dann knackt es und weg ist er. Erleichtert lasse ich mich zurück ins Kissen fallen. Flo schickt mir kurz darauf eine SMS mit Genesungswünschen und verspricht mir, dass er Fotos senden wird. Ich kann sein Grinsen dabei vor mir sehen – er weiss ja, dass ich nicht wirklich ein Fan dieses Anlasses bin.

Eigentlich sollte ich die Pflanzen auf dem Balkon von ihren winterlichen Schutzhüllen befreien und die Wohnung aufräumen. Doch ich mag nicht, mir brummt der Kopf viel zu sehr, Frühlingserwachen hin oder her. Ich liege nur da, lasse meine Augen durch das Wohnzimmer schweifen und verweile schliesslich bei den Zeichnungsmappen, die hinter dem Schrank an der Wand lehnen. Weshalb habe ich fünf Zeichnungsmappen? Ich richte mich mühsam auf, bleibe einen Moment stehen und setze mich dann im Schneidersitz auf den Boden. Zwei der Mappen sind Schwarz und ein bisschen glänzend, drei aus grobem, grauem Karton. Alle haben schwarze Leinenbändchen, die seit Ewigkeiten verschnürt oder gar verknotet zu sein scheinen, denn ich kann sie kaum öffnen. Endlich gelingt es mir und mit dem Aufklappen des Kartons werde ich unvermittelt in die Vergangenheit katapultiert. Zurück in meine früheste Schulzeit, draussen auf dem Land, bei Herrn Hugelshofer. Er unterrichtete die ersten zwei Primarklassen. Ein wunderbarer Lehrer, wir mochten ihn alle sehr! Die Erinnerungen fallen wie Puzzleteile in ein klares Bild und ich stehe in meinem Klassenzimmer, dessen Decke von sechs gusseisernen Säulen getragen wird. Der Raum ist auf drei Seiten von hohen Fenstern umgeben, die polierten Schulbänke stehen in Reih und

Glied. Ich schliesse die Augen und kann beinahe den feinen Duft des braunen, ausgetretenen Linoleumbodens riechen. Ich liebte meine Primarschulzeit!

Ich blättere durch meine Zeichnungen und stosse auf ein Selbstporträt, das mich mit lachenden Augen ansieht. Obschon Herr Hugelshofer mit seiner akkuraten Schnürchenschrift «Bravo, gut gelungen» darunter geschrieben hat, erkenne ich mich kaum wieder, da meine Augen mandelförmig sind und ich ein bisschen wie eine Chinesin aussehe. Meine Haare stehen in alle Richtungen vom rundlichen Kopf ab, mein Pullover ist ungleichmässig gestreift. Lauter knallige Zeichnungen gleiten mir durch die Hände, sie bersten förmlich vor Lebensfreude. Zu meinem Erstaunen ist Gelb die vorherrschende Farbe. Die Häuser sind gelb, oft jedenfalls, die Blumen sind gelb, die Kleider der Menschen sind gelb, die Autos sind gelb und natürlich die Sonne. Die Sonne hatte gelb zu sein. Das war damals so und hat sich bis heute gehalten. Kommt die Sonne ins Spiel, ist sie gelb. Wobei sie ja eigentlich golden sein sollte. In Geschichten ist stets von der «goldenen Sonne» die Rede. Wir singen «Oh du goldigs Sünneli» und malen doch alles in Gelb. So auch ich. Dass Gold das bessere Gelb war, wusste ich schon, doch Gold fehlte in meiner Farbstiftsammlung. Zudem war Gold bestimmten Dingen vorbehalten. Dingen, mit denen ich mich selten beschäftigte, wie Kronen zum Beispiel. Kronen waren aus Gold, das war mir klar, obwohl ich mich nie zu den kleinen Prinzessinnen hingezogen fühlte – ich hatte es nicht so mit Röckchen und Schleifen. Meine damalige Welt war nahezu kronenfrei. Ich erkundete viel lieber gefährliche Dschungel, durchritt endlose Wüsten und versteckte mich in dunklen Tälern. Traf ich auf einer meiner abenteuerlichen Reisen dennoch einen König oder einen Häuptling, trugen auch sie goldene Kronen. Gekrönte Häupter trugen pures Gold, ausschliesslich. Manchmal, so erzählte mir mein Vater, manchmal war auch das Horn der Einhörner aus Gold, doch da war ich mir nie ganz sicher. Ich konnte mir das nicht so richtig vorstellen. Also blieben meine Einhörner vorerst weiss, und ansonsten malte ich gelb, was hätte golden sein sollen, da mir eben der goldene Farbstift fehlte. Der silberne übrigens auch. Als die Farbstiftschachteln nicht mehr 12, sondern 40 Stifte enthielten, war plötzlich ein goldener Stift mit dabei und meine Zeichnungen änderten sich entsprechend, das konnte ich hier klar vor mir sehen. Meine Welt bekam eine neue Ordnung, Gold statt Gelb.

Schon nach kurzer Zeit bin ich erschöpft. Ich umfasse den Stapel und versuche, die Zeichnungen in ein geordnetes Bündel zu klopfen, wobei sich ein kleines Blatt löst und zu Boden fällt. Es ist arg lädiert und ich vermute, dass ich es einmal zusammengeknüllt und später wieder glatt zu streichen versucht habe. Mit ungelenken Druckbuchstaben steht da «Für Alice von Viola». Ich nehme es auf, drehe es um und schaue auf zwei Mädchen, die mich Hand in Hand aus zerknittertem Papier anstrahlen. Das eine trägt ein gelbes Kleid, hat gelbe Zöpfe und einen viel zu grossen, roten Mund. Das andere hat braune Hosen und eine blaue Jacke an und total zerzauste Haare. Viola – die hatte ich ja ganz vergessen. Ihr Name war eigentlich Violetta und sie kam zu Beginn der 2. Klasse zu uns. Wir nannten sie Viola. Rechnen war nicht ihre Stärke und immer, wenn sie eine falsche Antwort geab, flüsterten wir uns zu:

«Viola la la la, hat keine Ah la la la.»

Blitzschnell ist die Erinnerung da und ich schäme mich ein bisschen, weil ich diese gemeine Neckerei damals lustig gefunden hatte. Violetta. Das Erstaunliche an Viola war aber, dass sie es uns nie übel genommen hatte. Sie lachte über sich oder über uns, es war nie ganz klar, über wen sie lachte. Und sie besass einen gelben Schulthek, der auf der Seite mit grossen Buchstaben angeschrieben war – Violetta. Ich hatte nie verstanden, weshalb ihr Thek gelb war, wo sie doch Violetta hiess. Sie zog dann in der 3. Klasse wieder weg, und ich hatte sie bis eben jetzt komplett vergessen.

Behutsam streiche ich über die zerknitterte Zeichnung und lege sie zurück in die Mappe. Ein Blatt nach dem anderen obendrauf, gelbe Sonnen, gelbe Blumen, gelbe Schmetterlinge. Eigentlich stand Gelb für mich später eher für die unangenehmen Dinge, wie zum Beispiel diese penetrant duftenden Blumen in unserem Garten, die mich in eine gelbe Wolke hüllten, wenn ich an ihnen vorbei ging. Oder das gelbe Postauto, das mich jeden Morgen in die Stadt zur Schule fuhr und dies zu so früher Stunde, dass ich mich nie dafür erwärmen konnte. Die Prüfungsblätter im Lateinunterricht waren auch gelb. Ich mochte weder das Fach noch den Lehrer noch die Tests. Nicht, dass ich Gelb deswegen verabscheut hätte, wirklich nicht. Es gehörte bloss nicht zu meinen Lieblingen. Weshalb ich in meinen Kinderzeichnungen so rege davon Gebrauch gemacht habe, ist und bleibt mir deshalb ein Rätsel.

Ich verschnüre die Zeichnungsmappe, stelle sie an ihren Platz zurück und erhebe mich mit einem Hustenanfall. Wie lange es dauerte, bis das Gelb wieder seinen Weg in meine Welt gefunden hat! Das erste, woran ich mich erinnern kann, ist der kleine Gartenzwerg, den ich beim Räumen des Dachbodens entdeckt habe. Er ist von Kopf bis Fuss goldgelb, lächelt vergnügt vor sich hin und hat seine Arme auf dem Rücken verschränkt. Ich konnte ihm nicht widerstehen! Kurz darauf tummelten sich im Bad Gummienten in jeder Grösse und alle in Gelb. Im Zimmer meiner Kinder standen meterweise diese Disney Taschenbücher, auf raues Papier gedruckt und mit gelbem Einband. Waren sie korrekt eingeordnet, ergaben sie die Konterfeis der Disneyhelden auf gelbem Grund. Alle waren sie da, selbst die Panzerknacker, Daniel Düsentrieb und die drei frechen Kleinen. Dann natürlich nicht zu vergessen der Duden. Die Ausgabe der deutschen Rechtschreibung, in sattes Kanariengelb gebunden. Mein Begleiter und mein unverzichtbares Nachschlagewerk, das stets einen Logenplatz in meinen Arbeitsräumen hat. Als Uma Thurman im hautengen und knallgelben Anzug der Gangsterwelt den Kampf ansagte, wurde ich zu einem regelrechten Gelbfan. Drei Jahre später flimmerte dann «Little Miss Sunshine» über die hiesigen Leinwände und es war um mich geschehen. Dieser gelbe VW-Bus! Er hing im Weltformat in unserem Hauseingang und verführte mich täglich zu Traumreisen. Seither ist Gelb ein willkommener Gast in meinem Leben und zu einem besseren Gold avanciert.

Mein Kopf brummt, mich fröstelt, ich muss dringend zurück in die Horizontale! Ich lasse mich auf die Couch fallen, lege die Füsse auf die Seitenlehne und betrachte den Schattenwurf des Fensterkreuzes auf der gegenüberliegenden Wand. Viola huscht nochmals durch meine Gedanken, Viola mit dem gelben Schulthek. Alsbald drifte ich ab, döse vor mich hin und sehe dich an jenem Sonntagmorgen in der Tür stehen. Wie du auf der Schwelle kurz zögerst, den Kopf hebst und dann ins Zimmer schreitest, als würdest du einen Ballsaal betreten. Anmutig jede Bewegung, einem Schweben gleich und ganz in Gelb. Deine Hosen, dein Pullover, deine Ausstrahlung, alles in leuchtendem Gelb. Du hast dir die Haare hochgesteckt und dein Gesicht strahlt, als hättest du soeben den Hauptpreis gewonnen. Ich folge dir mit meinen Augen und es kommt mir vor, als würde der Raum mit jedem deiner Schritte etwas fröhlicher, heller und wärmer. Die Wände von tiefem Gelb durchtränkt, der Boden mit Licht geflutet, die Vorfreude fast greifbar. Du setzt dich mir gegenüber, lachst mich an und wir starten zuversichtlich mit unserer Arbeit. Die Krönung in Gelb im frühlingshaften Berlin – ich werde es nie vergessen, dieses Bild.

Ich schrecke aus meinen Gedanken, als das Telefon surrt. Sekunden später höre ich die aufgeregte Stimme von Nico, der mir lautstark erzählt, dass gerade eben der Kopf des Bööggs explodiert sei und er alles, wirklich alles mit angesehen habe und es ganz laut geknallt habe und so viele Leute und Pferde....Ich lache leise vor mich hin, schaue auf meine Küchenuhr und weiss, es steht uns ein wunderschöner Sommer bevor – siebeneinhalb Minuten – das wird toll!

Violett

Noch während die letzten Harmonien im Saal nachklingen, winkt Etienne abrupt ab und springt seiner raumgreifenden Postur zum Trotz behände vom Klavierstuhl.

«Hört ihr das? Hört ihr das nicht?», donnert er.

«Das klingt alles viel zu jubilierend, zu schubertisch! Das ist Hilber! Spröde und streng, Musik aus einer total schmucklosen Welt!»

Betretenes Schweigen im Saal, fragende Blicke werden ausgetauscht und vereinzelt ist auch ein verhaltenes Prusten zu hören. Wir senken die Köpfe, unsere Augen kleben an den Noten, als würde unser Seelenheil davon abhängen. Dennoch, ich liebe die Ausdrucksweise unseres Maestros. Seine einzigartigen Wortkreationen verleiten uns oft zu einem Schmunzeln, obwohl es meist um Kritik geht. Hilber? Wer war eigentlich Hilber? Ich wende meine Partitur. J.B. Hilber steht da, wobei J für Johann und B für Baptist steht, wie ich weiter unten lesen kann. Das hilft mir allerdings auch nicht weiter.

«Wir singen Hilber. Wisst ihr, wer das war?»

Ganz in Schwarz gekleidet steht er vor uns. Sein Blick

fordert Aufmerksamkeit und es wirkt ein bisschen theatralisch, als er mit eindringlicher Stimme fortfährt:

«Hilber war lange Zeit Stiftskapellmeister in Luzern, und dies in einer Zeit, in der man sich erstmals traute, in der Kirchenmusik neue und etwas modernere Wege zu beschreiten. Es war die Zeit nach dem Krieg, Aufbruchstimmung in ganz Europa. Es war auch die Zeit, in der die ersten Betonbauten entstanden.»

Wachsam mustert er jedes einzelne Gesicht in der Runde.

«Wisst ihr, wie Beton tönt? Welchen Klang er hat?»

Jetzt ist die Verwirrung komplett, reihum verständnisloses Kopfschütteln und mir entwischt ein Lachen.

«Kantig und akkurat sind sie, die Betonbauten, nüchtern fast. Sie zeigen den Abschied und das Aufbrechen der verschnörkelten Zierde. Modern sollte sie klingen, die Musik dieser Zeit, aber nicht zu modern. Dieses Hin- und Hergerissensein zwischen Tradition und Vision spiegelt sich in jenen Harmonien. Der Wunsch, innovativ sein zu wollen – und sich dann doch nicht zu getrauen.»

Unser Chor ist ein Kirchenchor. Ich singe dort mit, obschon ich keiner Landskirche angehöre und mich auch nicht kirchlich engagiere. Martin hat mich einfach gefragt. Ich hab ja gesagt, weil es eine Freude ist, ihn einmal pro Woche zu sehen – und weil ich gerne singe. Es ist eine wundervolle Welt, die beim Singen aufgeht. Sie inspiriert mich, ganz egal wie passioniert oder dramatisch die Texte daherkommen. Wenn wir dann vom Dirigenten mit solch bizarren Fragen herausfordert werden, weiss ich auch, dass es eine ausgezeichnete Entscheidung gewesen ist, wieder mit dem Singen zu beginnen.

Ich liebe Kirchen, die Bauwerke, meine ich. Ich geniesse die Stille und die grosszügige Offenheit nach oben in den meist menschenleeren Räumen. Es sind Kraftorte, die mir Geborgenheit und Ruhe geben, wie hektisch das Leben draussen auch immer vorbeirauschen mag. Egal, wo ich mich gerade aufhalte, ein Kirchenbesuch findet immer Platz. Seien es die barocken und verschnörkelten oder die kahlen und strengen, winzige Kapellen oder gewaltige Kathedralen. Verbindend ist die Stille, die wie eine Traumwelt inmitten all dem Getöse liegt. Die Hallgrims Kirche in Reykjavik ist eine meiner liebsten. Ein imposanter Bau, dessen Turm einer Speerspitze gleich in den Himmel ragt. An ihn erinnerte ich mich schlagartig, als ich Minas Tirith zum ersten Mal auf der Leinwand sah. Die Ähnlichkeit mit dem weissen Turm Ecthelions am hinteren Ende des schmalen Plateaus, das sich hoch oben wie ein Keil aus dem Fels hervor schiebt, erschien mir offenkundig. Seither sind für mich Minas Tirith und Reykjavik, um einen etwas ketzerischen Vergleich zu wagen, untrennbar miteinander verbunden.

Wie klingt Beton? Die Frage hängt noch immer im

Saal, Etiennes fragender Blick schweift umher. Sprachlos sitzen wir da, niemand scheint die geringste Idee zu haben, wie Beton tönen könnte, welche Resonanz ein Raum aus Beton hat. Ich horche in mich hinein und spitze meine Ohren. Doch ich höre rein gar nichts. Ich habe keine Ahnung, wie Beton klingt. Versuche, mir Harmonien vorzustellen, die durch Kirchen schweben, als Schwingungen oder als fein schillernder Dunst. Am ehesten in Violett, denke ich. Andächtiges, Achtung gebietendes Violett. Die Farbe der Ehre und der Erhabenheit scheint mir gut mit virtuellen Betonwänden zu harmonieren. Violett, auch die Farbe der katholischen Geistlichen – in meiner Vorstellung zumindest. Das ist natürlich stark vereinfacht. Die festgelegte Ordnung der liturgischen Farben ist mir jedoch nicht vertraut, weshalb in meiner Vorstellung konsequent Violett getragen wird, wenn es um kirchliche Feierlichkeiten geht. Ergänzend zu den violetten Tönen kommen noch etwas rotere Klangfarben hinzu, Purpur würde ich sagen. Auch eine Ehrfurcht gebietende Farbe, jene der Würdenträger oder der Römischen Kaiser. Freilich scheiden sich die Geister an der Bezeichnung dieser Farben. Ich sage Violett, manche sagen Purpur – oft ist nicht klar, welcher Farbton gemeint ist, wenn von der einen, beziehungsweise der anderen Farbe die Rede ist. Gelernt habe ich, dass Purpur aus Rot und Blau in einem Verhältnis vier zu eins zugunsten von Rot zusammengesetzt ist, Violett dagegen eine Mischung von eins zu eins vorweist. Ungefähr. Dies war stets nur ein

Erklärungsversuch, doch so habe ich es mir eingeprägt. Als Kind war mir Purpur gänzlich unbekannt, das kam nicht vor in meiner Welt. Violett dagegen schon. In meinen Bilderbüchlein waren Zauberer in violette Umhänge gehüllt und Hexen trugen spitze, violette Hüte. Ich beneidete beide sehr, wäre ich doch zu gerne in der Lage gewesen, unsere Katze in einen Tiger oder den lästigen Nachbarsjungen in eine Kröte zu verzaubern. Dafür hätte ich mich sogar violett angezogen. Auch aus der Regenbogenpresse kannte ich Violett. Diese Hefte lagen bei meiner Oma stapelweise herum. Königlich sahen die abgelichteten Damen in ihren Abendkleidern aus und ich zweifelte keinen Moment daran, dass es sich im Grunde um verwunschene Prinzessinnen handelte – würde es Mitternacht schlagen, verschwänden sie allesamt und mit ihnen diese funkelnden, violetten Kleider.

Ich bin vollkommen abgeschweift und finde mich etwas verwundert plötzlich in unserem Probelokal wieder. Mir fehlt noch immer der Betonsound. Unsere Bemühungen, Hilbers Gloria den modernen, fast strengen Klang in einzuhauchen, bringen auch nach dem nächsten Versuch nicht den gewünschten Erfolg. Die Schubertmesse sitzt noch zu tief, das Frohlocken und Jubilieren, was uns nicht minder schwierig erschienen und ebenfalls nicht auf Anhieb gelungen ist. Damals ergab sich die Lösung aus einem überraschenden Vergleich. Etienne forderte uns auf, für einmal einfach nur zuzuhören, nichts zu denken, nur zuzuhören. Er gab uns die Gloria-Grundtöne und entlockte dem schwarzen Bösendorfer dann spielerisch einige Akkorde. Er sah mit einem in sich gekehrten Lächeln auf und fragte:

«Kennt ihr Autumn Leaves?»

Leise schwebte die melancholische Melodie durch den Saal.

«Das sind dieselben Harmonien wie bei Schubert. Autumn Leaves. Das ist Jazz. Singt diese Passage wie Jazz».

Er spielte die Akkorde noch einige Male und liess uns dann das Gloria mit diesem Klang im Gehör nochmals singen und siehe da, Schubert begann zu grooven und klang tatsächlich ein bisschen wie Jazz.

Nicht immer verstehen wir so klar, wie wir die einzelnen Stellen einer Komposition exakt interpretieren sollen. Oft sind wir mit Notenlesen beschäftigt und vergessen darob, auf unsere Aussprache oder die anderen Stimmen zu achten. Die Reaktion lässt nie lange auf sich warten. Wir finden uns dem wild gestikulierenden Etienne gegenüber, der in einem erheiternden Schauspiel unsere As und Es parodiert:

«Wir singen kein glockenhelles A. Nein, nein! Wir singen A, tief und angelehnt an ein O, ein dumpfes A. Wir singen, als hätten wir eine heisse Kartoffel im Mund! Wir sagen auch nicht E als gälte es, jede Sirene zu konkurrenzieren. Das E bleibt vorne in unserem Mund, der Mund formt eine Schnute.»

Was ihn jedoch jede Contenance verlieren lässt, sind die S. Die zischend und ewig anhaltenden S. Da versteht er keinen Spass, er springt im Dreieck und gibt dabei ein recht bedrohliches Bild ab. Wie gesagt, ein stimmgewaltiger Maestro, filmreif in seiner Darbietung.

Wir versuchen uns noch immer in Hilbers Messe und darin, ihren schnörkellosen Klang herauszuschälen. Während der Sopran seine Stimme separat probt, bin ich wieder beim Beton angelangt. Ich stelle mir Bauwerke aus Beton vor und erinnere mich an die riesige Halle des Wasserreservoirs, das ich im Rahmen einer Führung besucht habe. Die gewölbte Decke war durch kantige Betonpfeiler abgestützt und der untere Teil in einem blauvioletten Ton gestrichen. Als die Lichter angingen, warfen funkelnde Reflexe tanzende Wellen an die Wände. Das Wasser gluckste leise, was dem ganzen Szenario eine erstaunlich feierliche Note verlieh. Tönte Beton also wie das Gurgeln von Wasser? Wie blauviolettes Blubbern? Das hätte den Herrn Hilber vermutlich nicht erfreut. Mir fallen Autobahnbrücken ein, aus Beton hochgezogen und Täler überspannend, doch auch die Geräuschemissionen von zischenden Gummireifen erscheinen mir nicht treffend für kirchlichen Gesang. Ich denke an meine ehemalige Schule, ebenfalls ein Betonbau. Er hat eine markante Formgebung, war damals noch eine Mädchenschule und stets in eine Geräuschkulisse aufgeregter Stimmen gehüllt.

Doch auch diese akustische Untermalung stellt wohl nicht die gewünschte Klanglage für Hilber dar. Unvergessen sind jedoch die lila Glyzinien, die den Eingang umrankten und deren Blüten so perfekt in jene Zeit passten. Wir probten damals den Aufstand, begannen uns gegen Vorschriften aufzulehnen und schlossen uns begeistert der aufflammenden Frauenbewegung an. Lila war die Farbe der Stunde! Die älteren Jahrgänge kleideten sich begeistert in Latzhosen dieser Farbe, wir jüngeren konnten uns nicht richtig mit ihr anfreunden. Wir erkoren Violett zu unserer Protestfarbe und demonstrierten für die Freiheit, mit unseren Körpern zu tun, was uns richtig erschien. Wir wollten anecken, unbequem sein und gehört werden. Unsere wiederholten Forderungen an die Schulleitung, geschlechtersensible Sprache zu verwenden und die weibliche Form zu bevorzugen, schrieben wir auf violettes Papier, was ungeschickt war, denn man konnte das Geschriebene kaum lesen.

«Alice, wir sind dran!»

Meine Sitznachbarin stupst mich und ich hebe erschrocken den Kopf.

«Violett», sage ich spontan, «Beton tönt violett, mit einer Prise Purpur.»

«Quatsch», tönt es da von hinten, «Beton klingt total monoton und dumpf.»

«Nein, kraftvoll und robust....»

«...und samtig, mit ganz wenig Hall.»

So geht es ringsum weiter, bis Etienne entschlossen um Ruhe bittet.

«Toll, ihr wisst ja, wie Beton tönt! Singt Hilber doch genau so», sagt er, setzt sich an den Flügel und lacht dabei.

Wir proben es einmal, zweimal und mehr. Versuchen, die gefundenen Eigenschaften in unseren Gesang einzuflechten. Das Unaufgeregte, das Kraftvolle, das Schnörkellose und die Ehrlichkeit. Das Kantige, die Einfachheit und das samtene Violett. Die Klangfarbe wird dichter mit jedem Durchlauf, unsere Stimmen finden zusammen, verhallen schliesslich leise und der Maestro schmunzelt zufrieden vor sich hin.

Rosarot

Ich stecke wieder einmal mitten in einer Diskussion über Rosarot fest. Und das mit Mathilda. Sie ist sechs Jahre alt und hat ihre ganz eigenen Ansichten über Rosa, die sie mir, wie so oft, versucht schmackhaft zu machen. Ich bin nicht wirklich ein Fan der gezuckerten Farben und so erörtern wir mehr oder weniger ernsthaft die unzähligen Gründe für und wider Rosarot, bei denen nur schon die Definition viel zu reden gibt. Enthält das Rosa ein Quäntchen mehr Blau, sagen wir Pink, ist es zu flau, ist es Altrosa. Es kann zu viel Weiss enthalten und dann wird es zu süss, ist es zu satt, verliert es seine Strahlkraft.

«Du liebst doch die rosa Wölkchen am Abendhimmel», argumentiert Mathilda, «da kommst du immer so ins Schwärmen.»

Sie schaut mich mit leicht geneigtem Kopf prüfend an.

«Klar, die sind ja auch wunderschön! Aber das sind Wölkchen, die dürfen durchaus rosarot...»

Weiter komme ich nicht.

«Siehst du», ruft sie strahlend, «dann können wir dir

doch auch einen rosaroten Rock kaufen. Du siehst bestimmt ganz toll aus damit!»

Bei mir löst nur schon die Idee, rosarote Kleider zu tragen, ein Schauern aus. Das versteht Mathilda gar nicht.

«Weisst du, es gibt doch auch sehr schöne rosarote Tiere. Die gefallen dir, das hast du mir erzählt. Warum solltest du also nicht auch rosa angezogen sein?»

Ich hoffe inständig, dass die Kleine jetzt nicht von Schweinen spricht, was sie auch kichernd verneint, als ich sie danach frage.

«Nein! Sicher nicht! Also ehrlich!», ruft sie und wirft mir einen vorwurfsvollen Blick zu.

«Ich meine Flamingos, die sind doch wunderschön!»

Und schon sind wir wieder in einem lustigen Hin und Her, da ich der Ansicht bin, dass Flamingos eher orange als rosa sind. Damit ist sie überhaupt nicht einverstanden.

«Komm, wir gehen nachschauen», schlage ich ihr vor, «ich kenne ganz in der Nähe eine Buchhandlung. Hast du Lust?»

Sie ist begeistert und so finden wir uns kurz darauf in der gedämpften Ruhe der zweiten Etage auf der Suche nach einem Tierlexikon wieder. Es gebe sechs verschiedene Arten von Flamingos, steht da geschrieben, und sie sähen sich alle sehr ähnlich. Ihre Farbe hätten sie von ihrer hauptsächlichen Nahrung, den Algen. Durch deren Aufnahme werde ihr Gefieder in Rosavariationen gefärbt, die einen intensiver als die anderen. Wenn

Flamingos keinen Zugang zu diesen Algen hätten, würden sie ausbleichen und ihr Federkleid beinahe weiss erscheinen. Glücklicherweise sind die ergänzenden Fotos schön bunt und bestätigen uns, dass wir beide ein bisschen richtig liegen. Versöhnt verlassen wir das Geschäft und flanieren in Richtung See. Die Diskussion zum Unterschied von Rosa und Pink ist damit natürlich nicht beendet. Ich kenne sie in- und auswendig. Es geht jeweils darum, dass Haarspängeli, ein Kleidchen, Strumpfhosen oder ein Stuhl in Pink gewünscht wird, und dann eines jener Dinge in Rosa daherkommt. Was natürlich gar nicht geht. Und schon entbrennt dann jeweils ein Wortgefecht darüber, wie Rosarot eigentlich ausschaut – oder eben Pink.

Es wird Zeit für eine Erfrischung, da sind sich Mathilda und ich einig. Ausnahmslos. Wir setzen uns unter die Schatten spendenden Bäume vorne beim Bürkliplatz und während wir auf unsere Getränke warten, spielen wir Wer-hat-schneller-zehn. Ursprünglich als Einschlafspiel erfunden, spielen wir es jetzt jeweils dann, wenn wir auf etwas warten. Es läuft so ab, dass wir uns ein Thema ausdenken, zum Beispiel Tiere oder Verwandte oder Orte, an denen wir waren. Dann sagt man möglichst schnell die gefundenen Begriffe laut vor sich hin und zählt diese an den Händen ab, bis alle Finger oben sind. Wer dies zuerst erreicht, hat gewonnen. So auch heute, und das Thema ist natürlich Rosarot.
«Rosa, hellrot, fleischrosa, pink, schweinchenrosa...»,

sagt sie in einem Tempo, bei dem ich nicht mithalten kann.

«Ach, also weisst du, hellrot. Gilt das denn?», versuche ich zu intervenieren, doch Mathilda ist bereits bei zehn angelangt und lacht mich verschmitzt an.

«Gewonnen! Du bist soooo langsam!»

Gestärkt spazieren wir später noch ein bisschen dem See entlang. Ich vermeide es tunlichst, das Kapitel Rosakleid nochmals zu streifen, was sogar funktioniert, und wir fahren schliesslich ganz zufrieden mit dem Tram nach Hause.

«Darf ich fernsehen?», tönt es leicht mürrisch aus dem Wohnzimmer. Sie ist müde, sitzt in Opas Sessel gekuschelt und guckt mich erwartungsvoll an, als ich zu ihr hinein schaue.

«Nein, später vielleicht noch kurz...aber du könntest ja etwas zeichnen oder ein Büchlein...»

Nicht gut, das gefällt ihr beides nicht und so muss ich mir schleunigst etwas einfallen lassen.

«Wie wäre es, wenn du alle rosaroten Dinge in meiner Wohnung zusammensuchst? Wer weiss, vielleicht findest du deine Lieblingsfarbe hier irgendwo?»

Mathilda ist schon aufgesprungen, bevor ich den Satz zu Ende gesagt habe. Ich verziehe mich zurück in die Küche und sie tigert in der Wohnung herum. Es ist nicht ganz einfach, denn viel Rosarotes gibt es nicht bei mir. Es ist da der rosa Kerzenständer, der verziert ist mit kirschroten Röschen und dunkelgrünen Blättern, alles in filigraner Keramik ausgearbeitet. Ebenfalls in Rosa, das Rosa mit einem Schuss Pflaume, ein Buch von Luisa Francia. Es ist 366 Göttinnen gewidmet, eine Göttin für jeden Tag. Mein Geburtstag wird von den Plejaden repräsentiert, welche für die gemeinsame Kraft der Frauen, schwesterliche Liebe und Solidarität stehen. Ich fühlte mich richtig geehrt, als ich dies zum ersten Mal las. Dann natürlich der Rosenquarz, der mir zu Gelassenheit verhilft und mir nervige Geister fernhält. Wirklich unverzichtbar. In Rosa, das an Koralle erinnert, steht Paul in meinem Büchergestell, meist auf einer Sammlung von Märchen in Dunkelblau. Paul ist eine Sau aus Kunststoff. Ich darf ihn so bezeichnen, weil er behauptet, er sei lieber eine Sau als ein Schwein. Weshalb er das so sieht, ist mir schleierhaft, doch für ihn gab es nichts zu diskutieren und so beliess ich es dabei. Er kommt von weit her, woher genau, wollte er mir nicht verraten, denn er liebt es, von Rätselhaftem umgeben zu sein. Da sein vollständiger Name unglaublich schwierig auszusprechen ist, nenne ich ihn einfach Paul. Ihm gefällt das. Er trägt schwarze Schuhe, eine blaue Hose und ein weisses Shirt, das etwas zu weit ist. Mit Vorliebe vergräbt er seine Hände in den Hosentaschen und schaut mir zu, wenn ich schreibe. Er spricht morgens besonders viel, weil er jeweils die ganze Nacht nachdenkt, das behauptet er zumindest. Er sagt Dinge wie:

«Hör auf zu denken. Schreib einfach, was in deinem Kopf ist, den Rest kannst du weglassen.»

Ansonsten liest er meistens oder lümmelt in der Wohnung herum. Zu Beginn unserer Wohngemeinschaft hatte ich Mühe, den kleinen Kunststoffwicht zu akzeptieren, der mir morgens den Kopf voll schwatzt und mir durch den Tag ungefragt Ratschläge erteilt. Mittlerweile mögen wir uns sehr, Paul und ich. Mathilda kennt ihn natürlich schon und ist ganz vernarrt in ihn. Sie nimmt Paul jeweils sogar mit ins Bett, wenn sie bei mir übernachtet, und ihn schnappt sie sich auch als erstes auf ihrer Suche nach meinen rosaroten Dingen. Die beiden unterhalten sich im Flüsterton und scheinen sich bestens zu amüsieren, denn ich kann in aller Ruhe kochen.

«Drei! Wir haben drei gefunden. Hast du noch mehr?» Sie kommt um die Ecke gesaust und fällt der Länge nach hin. Doch anstatt Weinen höre ich einen triumphierenden Schrei. Behände kriecht sie unter die Couch und präsentiert mir alsbald einen kleinen, pinkfarbenen Gummiball.

«Vier!», japst sie.

«Den kenne ich ja gar nicht, der muss von Nico sein. Ich besitze ja mehr rosa Dinge als ich gedacht habe! Übrigens ist das Essen fertig – gehst du bitte die Hände waschen?»

Ich schütte das kochende Wasser ab, stelle den Reibkäse auf den Tisch und beende die Angelegenheiten in Rosa vorerst.

Nur vorübergehend, wie später klar wird. Kaum sind die Zähne geputzt, die Haare gekämmt und die Kleine bis zur Nasenspitze zugedeckt im Bett liegt, ist die Farbe des Tages erneut das Thema.

«Ich habe gar nicht alle Sachen gefunden. Darf ich noch weiter suchen?»

Dies ist unser heimlicher Brauch, im Bett liegen und reden, bis die Augen zufallen. Und das kann dauern! Doch es sind genau diese Momente, die ich ganz besonders liebe. Dieses hin- und herraunen im Halbdunkel.

«Morgen dann, und vielleicht hilft dir ja Paul auch wieder dabei.»

«Weisst du», tönt es unter der Decke hervor, «Paul hat mir heute eine lustige Geschichte erzählt. Er hat gesagt, dass er einmal in einem Haus gewohnt hat, in dem alle Wände in Rosa gestrichen waren. Es hat ihm dort sehr gefallen. Wirklich! Vielleicht solltest du hier auch rosa streichen, dann würde es ihm noch besser gefallen! Kannst du dir das vorstellen?»

Oh nein, das kann ich nicht, ist mein erster Gedanke, doch schon kommt die nächste Frage. Eine Geschichte soll ich erzählen, aber keine aus einem Buch, nein, es soll eine von mir sein. Eine, die ich selber erlebt habe. Und natürlich eine rosa Geschichte.

«Oh, jetzt aber...warte mal...», murmle ich und streiche ihr dabei über den Kopf, «ich muss kurz überlegen...also: Kannst du dich erinnern, dass ich letztes Jahr auf Reisen ging?»

Ich höre nur ein undeutliches «mhm», dann kuschelt

sie sich näher zu mir und gibt mir einen Schubs.

«Ich reiste in den Norden in eine wunderschöne Stadt. Stockholm heisst sie. Ich mag diesen Ort sehr, weil es eine Stadt ist wie aus dem Märchen, mit Palästen und vergoldeten Dächern. Sie liegt am Meer und du weisst ja, das gefällt mir ganz besonders.»

Ich zwinkere ihr zu, worauf sie mich schläfrig anlächelt und fragt, wann wir einmal zusammen ans Meer fahren würden.

«Wenn du ein bisschen älter bist, das machen wir, versprochen! Also...ich erkundete diese Stadt zu Fuss und per Schiff, man kann dort viele Dinge am besten vom Wasser aus sehen. Es war schön warm und einfach grossartig. Am letzten Tag, kurz bevor ich wieder zum Flughafen musste, verirrte ich mich tatsächlich, wusste nicht mehr, wo ich war und stand plötzlich unter einem Blütendach aus rosaroten Kirschblüten. Ich bin nur an einer Hausecke abgebogen und schon stand ich unter all diesem Rosa. Es war überwältigend. So viel Rosa habe ich noch nie auf einmal gesehen! Vor mir lag ein weiter Platz, in dessen Zentrum ein Wasserbecken eingebettet war. Es war nicht tief, man konnte nicht darin schwimmen, es sah einfach schön aus. Die übrige Fläche war mit Hunderten Kirschbäumen bepflanzt, die in voller Blüte standen.»

Mathilda schaute mich überrascht an.

«Aber das sind ja total viele! War es denn ein Wald?»

«Das mit den Hunderten ist übertrieben, weisst du. Ich habe keine Ahnung, wie viele es genau waren. Aber es war eine ganze Menge – und sie blühten alle in Rosa! Es waren viele Leute da, alle in weiches, blassrosarotes Licht getaucht. Sie bewegten sich ganz langsam, fast wie auf einer Bühne oder wie in Zeitlupe. Niemand sprach laut, sie flüsterten nur. Die Zweige hingen tief, ein süsslicher Duft hing über dem Platz. Das Blütenmeer schwebte wie eine zarte Wolke über unseren Köpfen. Und alle haben fotografiert, das musst du dir einmal vorstellen! Das Klicken der Fotoapparate hat mich fast ein wenig gestört in dieser feierlichen Stimmung.»

«Hast du auch Fotos gemacht? Kann ich sie sehen?»

«Ja, ich habe es versucht, aber leider gelang es mir nicht so richtig...»

«Und waren die Blüten wirklich rosarot? Nicht pink?», unterbricht sie mich, «bist du sicher?»

Jetzt müssen die Fotos her, sonst wird es wohl schwierig mit dem Einschlafen. Gedacht getan, und ich sitze kurz darauf mit dem aufgeschlagenen Fotoalbum wieder am Bettrand.

«Was meinst du? Sind sie rosa oder pink?»

Mathilda setzt sich auf, wirft einen kurzen Blick auf die Bilder, verdreht theatralisch die Augen und liefert mir dann eine absolut einleuchtende Erklärung, weshalb die einen Blüten jetzt rosa oder eben pink sind. Und ich kann es nicht auseinanderhalten. Absolut nicht. Mein Fehler. Ich habe es längst aufgegeben, der Mathildalogik folgen zu können. Ich habe ja sie, die es mir erklärt, immer und immer wieder.

Schwarz

«Darf ich mich zu Ihnen setzten?»

«Was?»

«Darf ich mich zu Ihnen setzen...»

«Aber sicher. Entschuldigen Sie, ich war ganz in Gedanken.»

Bedächtig dreht sich der Mann um und lässt sich mit einem tiefen Seufzer neben mir auf die Bank sinken. Seine Hand auf dem Stockknauf zittert leicht.

«Kann ich...»

«Nein, nein, ist schon gut.» Er lächelt mich freundlich an.

«Die Jugend! Meint andauernd, sie müsse unsereins helfen!»

«Jugend ist gut!»

Oje, er möchte sicher jemanden zum Reden, denke ich dabei. Mir ist nicht nach reden.

Da sitzen wir, wir zwei. Die Hitze lässt das Kopfsteinpflaster zu unseren Füssen flirren. Eine dumpfe Stille liegt über dem Platz. Die verwitterte Holzbank, die sich in einem geschlossenen Kreis um den Stamm der mächtigen Linde rankt, ist dunkelgrau gestrichen, nicht sehr bequem und drückt an einigen Stellen unangenehm in meinen Rücken. Als sich oberhalb des breiten Treppenaufgangs zu unserer Rechten die Tür der Kirche öffnet, wenden wir beide den Kopf. Eine junge Frau tritt eilig in die Sonne hinaus. Sie stellt eine Giesskanne neben sich auf den Boden, wischt sich beide Hände an ihrer Arbeitsschürze ab und greift dann hektisch nach ihrem Handy. Das Gespräch ist kurz, wir können es nicht verstehen. Dann schnappt sie sich, offensichtlich verärgert, die Kanne und springt zwei Stufen auf einmal nehmend die Treppe hinunter. Kurz sind einige Orgelklänge zu hören, die mit dem gemächlichen Zufallen der schweren Tür gleich wieder vom Kirchenschiff verschluckt werden.

«Sind sie nervös?»
Also doch. Ich schüttle leicht den Kopf. Mir ist nicht nach reden.
«Ich dachte nur...weil Sie ihren Hut ständig rundum drehen.»
Irritiert schaue ich auf meine Hände hinunter und lasse sie ruhen.
«Nein wirklich, ich bin nicht...»
«Ihr Hut gefällt mir. Ein richtiger Hut, wie es sich gehört.»
Ich hebe den Kopf und schaue meinen Banknachbarn zum ersten Mal genauer an. Entspannt sitzt er da, in einem weissen Hemd, grauer Weste und ebensolchem

Jackett. Seine Krawatte sitzt eng. Muss unbequem sein bei dieser Hitze.

«Er gehörte meinem Grossvater», entgegne ich nach einigem Zögern, hebe den Hut leicht an und betrachte ihn nachdenklich.

«Vermissen Sie ihn, ihren Opa?»

«Nein, nein. Ich habe ihn gar nicht richtig gekannt – er starb, als ich drei war.»

Ich drehe und wende den schwarzen Hut, mustere ihn von allen Seiten, als würde ich ihn zum ersten Mal sehen. Dabei kenne ich mittlerweile jede Naht, jedes Stäubchen auf dem Filz. Es ist ein Borsalino aus Alessandria. Das ist dem elfenbeinfarbenen Seidenfutter aufgedruckt, unterlegt mit dem gekrönten Wappen der Stadt. Das Schweissband ist aus feinem Ziegenleder gefertigt, versehen mit dem goldenen Borsalino-Schriftzug. Die Bordüre ist fein gerippt und glänzt dezent, das Hutband breit und schwarz mit Schleife. Ein Prunkstück, auch wenn es schon in die Jahre gekommen ist.

«Ich mag ihn einfach, diesen Hut. Er ist mir jedoch ein bisschen zu eng. Mein Grossvater muss einen wirklich kleinen Kopf gehabt haben.»

«Ich habe oft Hüte getragen. Früher. Das gehörte sich einfach für einen richtigen Mann.»

Hinter uns knallt eine Tür zu und jemand ruft:

«Hey Oskar, alles gut bei dir?»

Der Mann im grauen Anzug dreht nicht einmal den Kopf. Er hebt nur seine Hand und winkt kurz. Es ist ein elegantes Winken.

«Ja, ja, alles gut. Und selber? Heiss heute, nicht wahr?»

Ein «Puh, wem sagst du das» ist die Antwort, dann verlieren sich die Schritte. Ich starre währenddessen ins Leere, drehe den Hut unablässig in den Händen und versuche, der Flut von Gedanken in meinem Kopf einen roten Faden abzugewinnen. Unterbrochen wird mein Bestreben durch eine aufgeregt schwatzende Schulklasse, die aus einer Seitengasse auf den Platz stürmt. Die Lehrerin marschiert mit ausholenden Schritten hinterher, ermahnt die heitere Schar dann zur Ruhe, was jedoch erst nach mehrmaligen Zurechtweisungen Wirkung zeigt. Ihre Erläuterungen zum historischen Bauwerk hinter ihr sind kurz und prägnant, dann zieht der bunte Haufen weiter und das Geschnatter verliert sich zwischen den Häusern. Stille legt sich wieder über den Kirchhof. Die Hitze macht mir langsam zu schaffen und ich frage mich erneut, wie heiss es wohl mit dieser eng gebundenen Krawatte sein muss.

«Es ist ein Borsalino, nicht wahr», höre ich den alten Mann plötzlich sagen.

Verdutzt blicke ich auf, gebe mir einen Ruck, lege den Hut zur Seite und wende mich meinem Nachbarn endlich zu.

«Wow, ich bin beeindruckt! Wie haben Sie das denn erraten?»

«Ich erkenne doch ein Original, wenn ich eins sehe», entgegnet er strahlend und zwinkert mir zu.

«Erinnerungen sind etwas Fantastisches», fügt er etwas zusammenhangslos hinzu. Er mustert mich prüfend dabei.

«Geht es Ihnen gut?», fragt er dann.

«Ja, doch, ich glaube schon», sage ich und merke im selben Augenblick, wie unbeholfen diese Antwort klingt.

«Nein, stimmt gar nicht. Verwirrt bin ich. Mir geht so viel durch den Kopf. Ich warte und weiss gar nicht so recht, worauf eigentlich.»

«Warten ist gut», antwortet er ohne zu zögern. «Warten ermöglicht einem, den Blick auf Dinge zu lenken, die einem sonst entgehen. Warten klärt die Gedanken, ebnet einem den Weg für den Moment, wo das Warten dann vorbei ist.»

«Das sind mal klare Sätze! Wissen Sie, ich liebe klare Sätze. Und ja, das denke ich auch. Doch ich möchte, dass dieser Moment schon da ist. Ich bin nicht wirklich gut im Warten. Noch immer nicht.»

«Das kommt...»

Mehr kann ich nicht verstehen, denn ein Lieferwagen zwängt sich mit heulendem Motor durch die Gasse zu unserer Linken. Ein Mann springt aus der Führerkabine, schiebt mit einem Ruck die seitliche Tür auf. Wir sitzen beide da und schauen zu, wie er sich seine Schirmmütze in den Nacken schiebt, einen Kranz aus dem Wagen hebt, die Treppe hinauf trägt, kurz in der Kirche verschwindet und einige Augenblicke später schon wieder im Laufschritt bei uns unten erscheint.

Das wiederholt sich dreimal, dann nickt er uns kurz zu, schwingt sich hinter das Steuerrad und braust davon.

«Immer auf Zack die Jungs», kommentiert mein Bankgenosse, dann schweigen wir beide. Es ist ein friedliches Schweigen.

«Was wollten Sie vorhin sagen? Ich hab Sie gar nicht mehr verstanden.»

Er schüttelt nur den Kopf und nickt mir zu.

«Erzählen Sie – wie war das mit dem Warten?»

«Ich glaube ich warte darauf, dass ich das Vermissen ertrage», überlege ich und erschrecke ein bisschen, als ich merke, dass ich das laut gesagt habe.

«Das Vermissen, ja, das ist eine schwere Last. Es hat dich im Griff, lässt dich nicht los, und immer wenn du meinst, es sei jetzt erträglich geworden, trifft es dich wie ein Blitzschlag.»

Er gefällt mir, dieser alte Mann. Fischt mir meine Gedanken aus dem Kopf und fasst sie in Worte. Davon möchte ich gerne mehr.

«Wissen Sie, ich kann Ihnen da nicht helfen», fährt er fort. «Doch wenn Sie vermissen, haben Sie auch geliebt. Und das ist ein Geschenk.»

Ich warte darauf, dass er weiter spricht, doch er legt bloss seine Adern durchzogenen Hände beidseitig neben sich auf die Bank und schaut mich an.

Über unseren Köpfen ertönt plötzlich aufgeregtes Vogelgezwitscher, das genauso schnell wieder verstummt, wie es begonnen hat. Nach und nach kommen dunkel gekleidete Menschen aus allen Richtungen. Es wird wenig geredet, die meisten gehen mit gesenktem Kopf, einige tragen eine weisse Rose bei sich. Sie steigen die Treppe hinauf, halten kurz inne und nicken dem Sigristen dankend zu, der jedem Einzelnen die Tür aufhält. Die Turmuhr schlägt Viertel nach zwei. Unmittelbar danach setzt das Läuten ein. Dunkel hallt es über die Stadt.

«Ich mag die Totenglocke. Ihr Klang hat etwas sehr Beruhigendes.»

«Ja, und warm ist er auch», entgegne ich. «Gut für die Toten, gut für diejenigen, die zurückbleiben. Versöhnlich irgendwie.»

Er sitzt ruhig da, seine Augen sind geschlossen und für einen Moment denke ich, er sei eingedöst.

«Sind Sie deswegen hier?», fragt er da unvermittelt. «Ein Abschied?»

Mehr als ein kurzes «Ja» vermag ich nicht zu sagen, dann werde ich von einer schrillen Frauenstimme übertönt.

«Oskar! Da bist du! Ich hab dich überall gesucht!»

Hektisches Absatzklappern nähert sich und vor uns erscheint eine Frau mittleren Alters. Ihr Gesicht ist gerötet, sie ist völlig ausser sich und schaut uns beide tadelnd an.

«Schwatzt du wieder fremden Damen den Kopf voll? Oskar, das geht nicht. Wir haben das doch besprochen. Und einfach weglaufen. Nein. Nicht schon wieder.»

Die Pause ist nur kurz.

«Komm jetzt, steh auf, wir gehen.»

Ihr Befehlston gefällt mir nicht. Mein «Alles ist gut, wir haben uns bestens unterhalten» ignoriert sie gefliessentlich. Sie greift Oskar unter den linken Arm und versucht, ihn von der Bank hochzuziehen. Er wehrt sich, schüttelt ihre Hände ab und dreht sich erstaunlich flink zu mir um.

«Sie haben meinen Tag erhellt, meine Liebe! Es war mir eine Ehre.»

Er lächelt sein charmantes Lächeln, zwinkert mir nochmals zu und erhebt sich dann umständlich.

«Das kommt schon», murmelt er dabei. «Geben Sie sich ein bisschen Zeit. Es kommt gut, glauben Sie mir!»

Ich springe auf, helfe ihm kurz, sein Gleichgewicht zu finden und reiche ihm seinen Spazierstock. Spontan drücke ich ihm einen leichten Kuss auf die Wange.

«Danke, danke…Sie sind ganz wunderbar!»

Bevor ich noch etwas hinzufügen kann, drängt ihn die Frau ungehalten zum Gehen. Ob sie seine Tochter ist? Seine Betreuerin? Ich mag sie nicht.

«Wir sehen uns wieder!», rufe ich ihm hinterher und er hebt leicht die Hand.

Etwas verloren stehe ich unter der Linde. Langsam drehe ich mich um, nehme meinen Hut auf, streiche behutsam über seine Krempe und wende mich der Kirche zu. Auf der obersten Treppenstufe angekommen, verschnaufe ich kurz und bemerke, dass Markus beim Eingang der Kirche steht. Ich schaue ihn an, und es kommt mir vor, als würde jemand einen Bleimantel von mir nehmen.

«Hey du», sagt er leise, «geht's?»

«Ja. Ich dachte, ich schaffe es nicht. Doch ich hatte da unten soeben eine wunderbare Begegnung. Mit Oskar. Jetzt geht's.»

«Oskar?»

«Ein echter Kavalier. Das erzähle ich dir später. Bist du alleine?»

«Nein, die anderen sind schon drinnen. Ich hab auf dich gewartet, weil du vielleicht lieber nicht alleine...»

«Danke! Du bist wirklich grossartig, weisst du das?»

Er lächelt und legt mir mit einer feinen Geste seine Hand auf den Rücken.

«Komm, gehen wir.»

Weiss

Der Sand unter meinen Füssen ist kühl. Ich gehe mit hochgekrempelten Hosen dem Strand entlang, den Pullover um meine Schultern geschlungen. Mit den Turnschuhen in der Hand versuche ich, die Grenze zwischen Wasser und Land auszuloten, was aus einiger Distanz wohl wie ein kleiner Tanz aussehen muss. Wenn ich die Reichweite einer Welle unterschätze, fühlt sich das Wasser eisig an. Dennoch, ich kann es nicht lassen, barfuss zu laufen. Dunkel liegt das Meer zu meiner Rechten, nur hie und da blitzen weisse Krönchen auf. Die Oberfläche erinnert mich an den groben Schieferboden im winzigen Haus hinter den Dünen, das ich vor einer guten Stunde verlassen habe.

Die Strandbars, die in weiten Abständen aus dem Nichts auftauchen, sind wintertauglich vernagelt und wirken gespenstisch in der Dunkelheit. Die weisse Trennlinie zwischen Wasser und Land weist mir den Weg, immer weiter geradeaus, begleitet vom leisen Rauschen der sanften See. Die Ruhe tut gut nach der rastlosen Zeit, die hinter mir liegt. Sowohl Peters unerwarteter Tod, wie auch die Freiwilligkeit seiner Entscheidung hat mir sehr zugesetzt. Zudem habe ich die wohlmeinende Anteilnahme bald nicht mehr ertragen. Zeit für mich, das wollte ich. Also habe ich mich verabschiedet in Richtung Norden, an die weiten, zu dieser Jahreszeit meist menschenleeren Strände.

Die Wahl des kleinen Häuschens ist ein Bauchentscheid gewesen. Das Bild im Netz hat mir gefallen und zwei Tage später war ich bereits unterwegs.

«Es wird kalt hier drin», erklärte meine Vermieterin wiederholt, «es muss kräftig eingeheizt werden.»

Sie hat mich zu Beginn mit einer Mischung aus Skepsis und Besorgtheit gemustert. Über die Vermietung Anfang November ist sie froh, das hat sie mehrmals betont, aber eine Frau in diesen kalten Tagen alleine am Strand wohnen zu lassen, gefällt ihr gar nicht. Doch wir haben uns auf Anhieb gemocht, die alte Kate und ich, und sie winkt mir jedes Mal zu, wenn ich warm eingepackt an ihrem Laden vorbeigehe.

Heute hat sich die Sonne nochmals durch die dicken grauen Wolken gekämpft. Beinahe frühlingshaft präsentierte sich der Nachmittag, was mich dazu verleitet hat, mich auf der Veranda gemütlich einzurichten. Eine Tasse Kaffee auf dem Tisch, Papier und Schreibzeug bereit, um endlich zu schreiben. So habe ich es mir jedenfalls vorgestellt, idyllisch und fokussiert. Doch die Gedanken sind irgendwo zwischen meinem Kopf und meinen Händen stecken geblieben, ich habe keinen einzigen Satz zustande gebracht. Absolut blockiert sass ich bis zur Abenddämmerung auf dem geflochtenen Korbsessel. Langsam schlich sich eine feuchte Kälte unter meine Kleider und das Papier vor mir war noch immer weiss und unberührt.

Ein Windstoss zerzaust meine Haare. Ich setze ich mich in den Sand, ziehe den Schnürsenkel aus einem der Turnschuhe und binde mir einen Pferdeschwanz. Schaudernd schlüpfe ich in meinen Pullover, während ich mit den Augen nach einer vertrauten Stelle im Gelände suche. Wo bin ich eigentlich? Ich erkenne sehr wenig, Vertrautes schon gar nicht. Weit vor mir sehe ich einen hellen Schimmer über der Klippe, fast ein bisschen orange schon. Die Distanz ist schwierig einzuschätzen, dennoch mache ich mich auf den Weg dorthin. Klarheit gewinnen, den Knopf im Kopf lösen, das ist das Ziel. Also weiter, weiter der weissen Linie entlang, weiter mit meinem Wellentanz.

«Hi!»

Ich zucke zusammen und drehe mich hastig um.

«Erschrocken? Tut mir leid!»

Das nützt jetzt nichts mehr, denke ich bei mir und bringe ein halbherziges «Schon, ja» über die Lippen.

«Die Tänzerin in der Nacht», höre ich eine dunkle Stimme, der ich im ersten Augenblick nur vage eine Gestalt zuordnen kann. Es muss ein Mann sein, ich erkenne jedoch nur die Umrisse. Langsam kommt er näher, hält beide Hände in Abwehrhaltung vor seinen Oberkörper und schaut mir direkt ins Gesicht.

«Alles gut. Ich hab gedacht, Sie hätten mich kommen gehört. Keine Bange, ich bin schon wieder weg.»

Er nickt mir zu, schickt noch ein «Kommen Sie gut nach Hause» hinterher und verschwindet lautlos in der Nacht.

«Warten Sie!», rufe ich ihm nach, «warten Sie! Können Sie mir sagen, wo ich bin? Ich habe die Orientierung komplett verloren. Ich weiss nicht, wie weit ich schon gelaufen bin.»

Keuchend hole ich ihn endlich ein.

«Und wissen Sie, was da vorne los ist? Sieht aus wie der Widerschein eines Feuers. Ob es wohl brennt?»

«Sind Sie Touristin? Zu dieser Jahreszeit? Von wo sind Sie denn gestartet?»

Abermals werde ich skeptisch gemustert. Bevor ich jedoch zu Wort komme, erklärt er mir dann, dass in der Bucht vor uns heute Abend die Geburt des ersten Kindes seiner Freunde gefeiert werde.

«Ein alter Brauch hier, bei uns im Dorf.»

Er hält kurz inne und fügt dann hinzu: «Kommen Sie doch mit! Es ist ein eindrucksvolles Erlebnis, glauben Sie mir, Sie werden es mögen. Ich bin übrigens Ole.»

«Alice. Darf ich wirklich?»

Meine Bedenken wischt er mit einer einzigen Handbewegung beiseite.

Wir laufen schnell, es ist kalt geworden. Er erzählt mir von seinem Leben hier, davon, dass er lange Zeit weg war, der engen Gemeinschaft auf der Insel zu entkommen suchte. Der Hektik in fernen Ländern jedoch nichts abgewinnen konnte und vor Kurzem wieder hierher fand. Er erzählt mit ungeheurer Intensität, er leuchtet förmlich. Ich bin absolut fasziniert. Ohne mir dessen bewusst zu sein, fällt mir das Sprechen leicht in seiner Gesellschaft. Ich zeichne das Bild meines Alltags in der Stadt, streife kurz meine Arbeit, meine Bedenken über deren Zukunft. Die Sätze fliegen mir zu, ich nehme ihn mit in meine hektischen Zeiten, erzähle von meiner Familie, meinen Kehrtwendungen, meine Visionen. Es gelingt mir auch, zum ersten Mal ungefiltert über den Verlust von Peter zu sprechen. Den Abschied für immer, den ich nicht habe kommen sehen, der mich aus der Bahn geworfen hat. Hier an diesem herbstlich dunklen Strand kommen die Worte ganz selbstverständlich. Es ist eine Wohltat. Als ich ihm dann von meinem Nachmittag vor dem hartnäckig weiss bleibenden Papier erzähle, lacht er laut auf.

«Ein einziges Wort wirst du heute wohl doch noch schreiben müssen», sagt er dann grinsend. «Das wird sich nicht vermeiden lassen!»

Ich verstehe seine Anmerkung nicht, schaue ihn fragend an, doch er winkt nur ab.

«Du wirst schon sehen.»

An der Felsnase angekommen wird der Blick in eine windgeschützte Bucht frei. Ein gewaltiges Feuer wirft tanzende Schatten an die rückwärtige Klippe. Die Szene hat etwas Dramatisches und erinnert mich unweigerlich an eine Filmkulisse. Ole hat seine Freunde, die in kleinen Gruppen um das Feuer stehen, bereits erreicht . Er winkt mich energisch zu sich.

«Das ist Alice», ruft er laut in die Runde, «unser Gast heute, ich habe sie am Strand gefunden...»

Vereinzeltes Lachen unterbricht ihn kurz, dann fährt er weiter:

«...sie wohnt im kleinen Haus der alten Kate...»

Schallendes Gelächter verschlingt den Rest seiner kleinen Ansprache. Einige klopfen mir mitfühlend auf den Rücken, andere schauen mich nur überrascht an und fragen mich, ob ich auch genügend Wolldecken zur Verfügung hätte. Eine junge Frau, die sich kurz mit «Pina, ich bin die Mutter» vorstellt, drückt mir eine Blechtasse die Hand.

«Achtung, heiss», fügt sie hinzu, «und nimm das Gerede nicht zu ernst! Du wirst das Häuschen schon warm kriegen. Ich freu mich, dass du da bist – komm, wir fangen gleich an.»

Aus dem bunt gestreiften Tragtuch, das sie um ihren Oberkörper geschlungen hat, schaut nur die Spitze einer handgestrickten Mütze hervor. Ansonsten ist von der winzigen Hauptperson des heutigen Abends nichts zu sehen. Zwei Buben sausen an mir vorbei, Ole ruft ihnen etwas hinterher, doch sie rennen einfach weiter.

Dann kommt er zu mir und reicht er mir ein Blatt Papier und einen Bleistift.

«Du bist am Zug, deine persönliche Herausforderung heute», neckt er mich. «Schreib deinen Wunsch für die kleine Isa hier drauf. Nachher rufst du ihn laut in die Nacht und wirfst den Zettel ins Feuer. Die Wünsche verbrennen, steigen auf und werden sich erfüllen. So will es der Brauch. Nicht denken, einfach schreiben!»

Ich schaue etwas verunsichert in die Runde, frage mich kurz, welches wohl Oles Partnerin ist und setze mich dabei im Schneidersitz in den Sand. Klaube den Schnürsenkel aus meinen Haaren, platziere ihn wieder dort, wo er hingehört und ziehe meine Turnschuhe an. Ein Wunsch? Mein Bleistift schwebt über dem Papier. Das Wort kommt blitzschnell, ich schreibe es mit etwas klammen Fingern ungelenk auf und geselle mich schleunigst zu den anderen. Sie haben einen weiten Kreis um das Feuer gebildet, ausser dem Knistern und Knacken der berstenden Äste ist nichts mehr zu hören. Pina und ihr Partner geben sich die Hand und rufen gemeinsam «Gesundheit und Liebe». Sie zerknüllt ihr Papier und wirft es in die Flammen, er tut es ihr gleich. So geht es rundum weiter. Die Wünsche der Kinder lösen ab und zu ein Lachen aus, da von «Flügel» bis «Zauberkraft» alles zu hören ist. Ole steht nahe bei einer zierlichen Frau, die ein knallgelbes Tuch um ihre Haare gebunden hat. Das Bild der beiden gefällt mir, und als sie ihre Wünsche dem Feuer übergeben haben, kommen sie langsam zu mir herüber. Sie warten, bis ich laut »Freiheit» in die Nacht gerufen habe, dann reicht mir die Frau lächelnd ihre Hand.

«Lilja. Schön, dass Ole dich mitgebracht hat.»

Sie machen es mir einfach. Das Gespräch fliesst ungezwungen hin und her, der Grog trägt seine Sache dazu bei und wärmt uns zudem bis auf die Knochen. Ich schüttle rundum viele Hände, versuche, mir die vielen Namen zu merken, was vermutlich ein etwas hochgestecktes Ziel ist. Gemeinsam laufen wir schliesslich gegen Mitternacht zurück ins Dorf, und ich verabschiede mich von den beiden mit einer Einladung zum Essen in der Tasche.

Es ist bitterkalt in meinem kleinen Haus. Mir fallen die verwunderten Blicke wieder ein und ich erahne allmählich, was der Grund dafür gewesen ist. Ich schichte Holzspäne in den Kamin, lege dicke Scheiter nach und schaue zu, wie sich die Flammen zischend durch das trockene Holz fressen. In eine der gehäkelten Wolldecken eingemummelt sitze ich noch lange vor dem Feuer und werfe hin und wieder einen Blick auf meine achtlos hingeworfenen Papierbogen, die weiss und unbeschrieben auf dem Küchentisch liegen.

Die Kälte weckt mich auf, mich schmerzt der ganze Körper. Ächzend rapple ich mich vom Fauteuil hoch und wickle mich fester in meinen provisorischen Umhang. Wirklich unverzichtbar, diese warmen Decken!

Die Dünen vor dem Haus liegen im Nebel und ich kann den Hauch meines Atems sehen, als ich vor die Tür trete. Die Luft ist eisig im Morgengrauen. Schaudernd mache ich kehrt, um drinnen Kaffe aufzusetzen und einzufeuern. Im letzten Moment sehe ich, dass auf dem Gartentisch ein Bund Papier liegt, beschwert mit einem kleinen Krokodil. Grazil und ganz in weiss liegt es da und schaut mich abwartend an.

«Was versteckst du da unter deinem Bauch», frage ich neugierig und zupfe vorsichtig ein Papierschnipsel hervor.

«Das ist Alvar», steht da in schwungvoller Schrift geschrieben. «Er liebt es, wenn er mit Wörtern gefüttert wird...und er ist gefrässig, das kannst du uns glauben! Also einfach viel schreiben, dann ist er schön brav und zufrieden! Viel Spass dabei! Und nicht vergessen, übermorgen essen wir zusammen. Wir freuen uns, herzlich Lilja & Ole.»

Ich betrachte mein Krokodil etwas genauer und fahre ihm dabei mit meinem Finger behutsam über den rauen Rücken. Mein neuer Gefährte ist aus feinem Porzellan gefertigt und wirklich zauberhaft.

«Alvar, hm?», raune ich ihm zu. Sorgfältig darauf bedacht, dass er mir nicht vom Papier rutscht, nehme ich den ganzen Stapel auf.

«Komm Alvar, kümmern wir uns also darum, dass du zu deinem Futter kommst.»

Ursula Hess

Ich bin 1960 in Zürich geboren und lebe noch immer dort. Zu Beginn arbeitete ich in der Administration eines Industriewerks, entdeckte dort mein Organisationstalent und meine Fähigkeit, rote Fäden zu erkennen. Ich reorganisierte kleine und grosse Betriebe, schrieb meine ersten Konzepte und leitete schliesslich umfangreiche Projekte. Eines Tages veränderte eine unerwartete Wendung mein ganzes Leben.

In den oft turbulenten Zeiten rettete mich stets meine Liebe zum Schreiben. Gedanken in Sätze fassen und zu Papier bringen, Bögen spannen und Welten kreieren. Das ist meine Passion. Ich mag engagierte Menschen, leuchtende Augen, blühende Bäume und das Lachen aus dem Bauch heraus.